Beltz & Gelberg Taschenbuch 607

D1855196

Schauriger Schlamassel

Band 1: Der Alptraum am Anfang (78604)
Band 2: Der schillernde Schlangensaal (78605)
Band 3: Das falsche Fenster (78606)
Band 4: Die sirrenden Sägen (78607)
Band 5: Die schreckliche Schule (78608)
Band 6: Der finstere Fahrstuhl (78609)

Mehr unter
www.schauriger-schlamassel.de
www.lemonysnicket.com

Lemony Snicket ist das Pseudonym des amerikanischen Autors Daniel Handler. Er wurde in San Francisco geboren, bekam mehrere Literaturpreise und lebt mit seiner Familie in New York. Die Bücher über das Schicksal der Baudelaire-Waisen, die in den USA unter dem Titel *A Series of Unfortunate Events* erscheinen, sind weltweit zu einem Riesenerfolg geworden. In Amerika wird die Serie zurzeit verfilmt.

Schauriger Schlamassel/Band 4

Lemony Snicket

Die sirrenden Sägen

Roman

Aus dem amerikanischen Englisch
von Birgitt Kollmann

BELTZ
& Gelberg

Editorische Notiz
Die Bücher aus der Serie *Schauriger Schlamassel* erschienen zuvor unter dem Reihentitel *Die schaurige Geschichte von Violet, Sunny und Klaus.* In der gebundenen Ausgabe trug der vorliegende Band den Titel *Die unheimliche Mühle.*

Für Beatrice
Leicht wie ein Falter war unsere Liebe,
bis wie eine Fledermaus der Tod niederstieß.
Mit den Worten der Dichterin Emma Montana McElroy:
»Das war's dann wohl.«

www.beltz.de
Beltz & Gelberg Taschenbuch 607
© 2001, 2003 Beltz & Gelberg
in der Verlagsgruppe Beltz • Weinheim Basel Berlin
Alle deutschsprachigen Rechte vorbehalten
Die amerikanische Originalausgabe erschien unter dem Titel
A Series of Unfortunate Events – The Miserable Mill
bei HarperCollins Publishers Inc., New York
© 2000 Lemony Snicket
Published by arrangement with HarperCollins Children's Books,
a division of HarperCollins Publishers Inc., New York
Aus dem amerikanischen Englisch von Birgitt Kollmann
Neue Rechtschreibung
Einbandgestaltung: Thomas M. Müller
Gesamtherstellung: Druckhaus Beltz, Hemsbach
Printed in Germany
ISBN 3 407 78607 7
1 2 3 4 5   07 06 05 04 03

Erstes Kapitel

Irgendwann in deinem Leben – genauer gesagt, schon sehr bald – wirst du vielleicht ein Buch lesen, und dir wird auffallen, dass man oft gleich beim ersten Satz weiß, worum es in der Geschichte geht. Wenn ein Buch zum Beispiel mit dem Satz beginnt: »Es war einmal eine Familie schlauer kleiner Backenhörnchen, die in einem hohlen Baum lebten«, dann kannst du davon ausgehen, dass in der Geschichte lauter sprechende Tiere vorkommen, die irgendwelchen Unfug anstellen. Ein Buch, das mit dem Satz beginnt: »Emily setzte sich und schaute auf den Stapel Blaubeerpfannkuchen, die ihre Mutter für sie gebacken hatte, doch wegen ihrer Reise ins Ferienlager war sie viel zu aufgeregt, um auch nur einen Bissen hinunterzukriegen«, erzählt vermutlich von lauter kichernden Mädchen, die jede Menge Spaß haben. Ein Buch aber, das mit dem Satz beginnt: »Gary roch an dem Leder seines brandneuen Baseballhandschuhs und wartete ungeduldig darauf, dass sein bester Freund Larry um die Ecke kam«, enthält mit Sicherheit eine Geschichte von lauter verschwitzten Jungen, die irgendeinen Pokal gewinnen. Und wenn dir Unfug, Spaß oder Pokale gefallen, dann weißt du gleich, welches Buch du lesen wirst, und kannst die übrigen wegschmeißen.

Dieses Buch hier beginnt jedoch mit dem Satz: »Die Baudelaire-Waisen schauten aus dem verschmierten Zugfenster, und während sie in den unheimlich schwarzen Finsterwald starrten, fragten sie sich, ob ihr Leben sich wohl je zum Besseren wenden würde.« Vermutlich kannst du dir schon denken, dass die folgende Geschichte nicht zu vergleichen ist mit denen über Gary oder Emily oder die schlauen kleinen Backenhörnchen. Der Grund ist ganz einfach der, dass das Leben von Violet, Klaus und Sunny Baudelaire sich völlig unterscheidet von dem der meisten Menschen, wobei der größte Unterschied darin besteht, dass sie einfach viel mehr Unglück, Schrecken und Verzweiflung erleben. Irgendwelchen Unfug anzustellen, dazu haben die drei Kinder überhaupt keine Zeit, weil ihnen das Elend ständig auf den Fersen ist. Spaß haben sie auch nicht mehr gehabt, seit ihre Eltern bei einem schrecklichen Brand ums Leben kamen, und der einzige Pokal, den sie je gewinnen könnten, wäre so etwas wie der Erste Preis für Pechvögel. Es ist natürlich haarsträubend unfair, dass den Baudelaires so viel Schlimmes passiert, aber so geht diese Geschichte nun einmal. Nachdem ich dir also gesagt habe, wie der erste Satz heißen soll – nämlich: »Die Baudelaire-Waisen schauten aus dem verschmierten Zugfenster, und während sie in den unheimlich schwarzen Finsterwald starrten, fragten sie sich, ob ihr Leben sich wohl je zum Besseren wenden würde« –, kannst du das Buch jetzt noch ganz schnell weglegen, falls du eine so unerfreuliche Geschichte lieber nicht lesen willst.

Die Baudelaire-Waisen schauten aus dem verschmierten Zugfenster, und während sie in den unheimlich schwarzen Finsterwald starrten, fragten sie sich, ob ihr Leben sich wohl je zum Besseren wenden würde. Eine Durchsage über den knackenden Lautsprecher hatte ihnen soeben angekündigt, dass der Zug in wenigen Minuten den Ort Jammerau erreichen würde, wo ihr neuer Vormund lebte, und die Kinder fragten sich unwillkürlich, was das wohl für ein Mensch sein mochte, der sich eine so finstere und gespenstische Gegend aussuchte, um dort zu wohnen. Violet, mit vierzehn die Älteste der Baudelaire-Waisen, betrachtete die Bäume, die sehr hoch und praktisch ohne Äste waren und daher eher an Metallstangen als an Bäume erinnerten. Violet war Erfinderin und entwickelte ständig irgendwelche Apparate und andere praktische Geräte, wobei sie ihre Haare im Nacken zusammenband, um besser denken zu können. Als sie jetzt die Bäume ansah, dachte sie gleich über einen Mechanismus nach, der es einem erlauben würde, in den Wipfel jedes Baumes zu klettern, selbst wenn er keinen einzigen Ast hätte. Klaus, der Zwölfjährige, schaute auf den Waldboden, der mit bräunlichen Moosflecken bedeckt war. Klaus' Lieblingsbeschäftigung war Lesen, und er versuchte sich zu erinnern, was er über die Moose in der Gegend von Jammerau gelesen hatte und ob auch genießbare dabei waren. Sunny, die noch ganz klein war, sah in den schweren grauen Himmel, der über dem Wald hing wie ein feuchter Pullover. Sunny hatte vier scharfe Zähne, und da sie sich sehr für alles interessierte, in das man hineinbeißen konnte, war sie auch jetzt gespannt, was es wohl in dieser Gegend an harten Gegenständen gab. Aber während Violet an ihrer Erfindung arbeitete, Klaus an seine jüngsten Studien dachte und Sunny als Vorübung den Mund immer wieder auf- und zuklappte, waren sie sich angesichts des trostlosen Waldes nicht mehr so sicher, dass sie sich in ihrem neuen Heim wirklich rundum wohl fühlen würden.

»Was für ein wunderbarer Wald«, bemerkte Mr. Poe und hustete in ein weißes Taschentuch. Mr. Poe war Bankangestellter und seit dem Brand dafür verantwortlich, die Angelegenheiten der Baudelaires zu regeln, allerdings, wie ich dir sagen muss, ohne großen Erfolg. Hauptsächlich bestand seine Aufgabe darin, ein gutes Zuhause für die Waisen zu finden und das enorme Vermögen zu verwalten, das die Eltern ihren drei Kindern hinterlassen hatten. Bis jetzt aber hatten alle seine Versuche mit einem totalen Fiasko geendet, womit ich sagen will, dass sich jedes neue Zuhause als eine einzige Katastrophe herausstellte, mit Tragik, Trug und Graf Olaf. Dieser Graf Olaf war ein schrecklicher Mensch, der es auf das Vermögen der Baudelaires abgesehen hatte und einen teuflischen Plan nach dem anderen ausheckte, um es an sich zu reißen. Jedes Mal war er kurz davor gewesen, es zu schaffen, jedes Mal hatten die Baudelaire-Waisen seinen Plan aufgedeckt und jedes Mal war Graf Olaf entkommen – und was tat Mr. Poe? Er hustete. Jetzt begleitete er die Kinder nach Jammerau, und es schmerzt mich, dir sagen zu müssen, dass Graf Olaf auch dieses Mal wieder auftauchen wird mit einem neuen teuflischen Plan und dass Mr. Poe es auch dieses Mal nicht fertig bringen wird, auch nur im Mindesten hilfreich zu sein. »Was für ein wunderbarer Wald«, sagte er noch einmal, als er fertig gehustet hatte. »Ich bin sicher, ihr Kinder werdet hier ein gutes Zuhause finden. Das hoffe ich wenigstens, denn ich bin soeben bei der Vereinigten Vermögensverwaltung befördert worden, und zwar zum Vizepräsidenten für Münzgeld, und ich werde noch mehr zu tun haben als bisher schon. Wenn also dieses Mal irgendetwas schief geht, dann bin ich gezwungen, euch in ein Internat zu geben, bis ich Zeit finde, etwas Neues ausfindig zu machen. Also bitte benehmt euch so gut wie möglich.«

»Selbstverständlich, Mr. Poe«, sagte Violet. Sie fügte nicht hinzu, dass sie und ihre Geschwister immer ihr bestes Benehmen an den Tag gelegt hatten, ohne dass es ihnen irgendwie genutzt hatte.

»Wie heißt unser neuer Vormund eigentlich?«, wollte Klaus wissen. »Sie haben es uns noch nicht gesagt.«

Mr. Poe zog einen Zettel aus der Tasche und kniff die Augen zusammen. »Er heißt Mr. Wuz – oder Mr. Qui. Ich kann diesen Namen nicht aussprechen. Er ist furchtbar lang und kompliziert.«

»Darf ich mal sehen?«, fragte Klaus. »Vielleicht kann ich herausfinden, wie man ihn ausspricht.«

»Nein, nein«, antwortete Mr. Poe und steckte den Zettel wieder weg. »Was für einen Erwachsenen schon kompliziert ist, ist es für ein Kind allemal.«

»Gent!«, quiekte Sunny. Wie viele Kleinkinder benutzte sie meistens solche selbst gemachten Wörter, die schwer zu übersetzen sind. Dieses Mal hatte sie vermutlich so etwas Ähnliches gemeint wie: »Aber Klaus liest oft komplizierte Bücher!«.

»Er wird euch schon sagen, wie ihr ihn nennen

sollt«, fuhr Mr. Poe fort, als ob Sunny gar nichts gesagt hätte. »Ihr findet ihn im Büro der Sägemühle Glück & Partner, die angeblich ganz in der Nähe des Bahnhofs ist.«

»Kommen Sie denn nicht mit uns?«, fragte Violet.

»Nein«, sagte Mr. Poe und hustete wieder in sein Taschentuch. »Der Zug hält nur einmal am Tag in Jammerau. Wenn ich aussteigen wollte, müsste ich dort übernachten und würde noch einen Arbeitstag verlieren. Ich setze euch einfach hier raus und fahre sofort zurück in die Stadt.«

Besorgt schauten die Baudelaire-Waisen wieder aus dem Fenster. Der Gedanke machte sie nicht gerade glücklich, an einem fremden Ort einfach abgeliefert zu werden wie eine lauwarme Pizza, wo sie doch drei Kinder waren, die mutterseelenallein auf der Welt waren.

»Und wenn Graf Olaf wieder auftaucht?«, fragte Klaus leise. »Er hat geschworen, dass er uns finden wird.«

»Ich habe Mr. Bek – Mr. Duy – also ich habe eurem neuen Vormund eine komplette Beschreibung von Graf Olaf gegeben«, sagte Mr. Poe. »Sollte er also, was mir ziemlich abwegig scheint, allen Ernstes in Jammerau auftauchen, dann wird Mr. Sho – Mr. Gek – jedenfalls wird er die Behörden verständigen.«

»Aber Graf Olaf kommt immer in einer anderen

Verkleidung«, bemerkte Violet. »Er ist oft schwer zu erkennen. Wirklich sicher kann man im Grunde nur sein, wenn man das tätowierte Auge am Knöchel sieht.«

»Die Tätowierung habe ich ebenfalls beschrieben«, sagte Mr. Poe ungeduldig.

»Und was ist mit Graf Olafs Assistenten?«, fragte Klaus. »Einen hat er meistens dabei, der ihm bei seinem Betrug hilft.«

»Ich habe sie diesem Mr. – also jedenfalls dem Besitzer der Sägemühle alle beschrieben«, sagte Mr. Poe und zählte die schrecklichen Kumpane Graf Olafs an den Fingern einer Hand auf: »Den mit den Hakenhänden. Den Glatzkopf mit der langen Nase. Die zwei Frauen mit den weiß gepuderten Gesichtern. Und dann noch diesen etwas Rundlichen, der weder wie ein Mann aussieht noch wie eine Frau. Euer neuer Vormund weiß über alle Bescheid. Sollte es aber irgendein Problem geben, dann wisst ihr ja, dass ihr mich oder jeden meiner Kollegen bei der Vereinigten Vermögensverwaltung jederzeit ansprechen könnt.«

»Kaska«, sagte Sunny düster. Wahrscheinlich wollte sie damit sagen: »Sehr beruhigend ist das nicht«, aber da in diesem Moment der Zug laut pfeifend in den Bahnhof von Jammerau einfuhr, hörte sie niemand.

»Da wären wir«, sagte Mr. Poe, und ehe die Kinder sich versahen, standen sie auf dem Bahnsteig und sahen zu, wie sich der Zug wieder in Bewegung setzte und auf die dunklen Bäume des Finsterwaldes zufuhr. Das Stampfen der Lokomotive wurde immer schwächer, während der Zug in der Ferne entschwand, und schon bald waren die drei Geschwister tatsächlich völlig allein.

»Na gut«, sagte Violet und hob die kleine Tasche hoch, die die wenigen Habseligkeiten der Kinder enthielt. »Dann sollten wir mal die Sägemühle Glück & Partner suchen und unseren neuen Vormund kennen lernen.«

»Oder wenigstens seinen Namen erfahren«, sagte Klaus düster und nahm Sunny bei der Hand.

Wenn man eine Ferienreise plant, dann kann es ganz hilfreich sein, einen Reiseführer zu erwerben, also ein Buch, in dem alles aufgeführt wird, was in einer Gegend schön und sehenswert ist, und nützliche Tipps enthält für den Reisenden, der zum ersten Mal an einen bestimmten Ort kommt. Jammerau kommt in keinem Reiseführer vor, und als die Baudelaire-Waisen auf der einzigen Straße des Ortes dahintrotteten, sahen sie auf einen Blick, warum nicht. Auf der einen Straßenseite gab es ein paar Läden, von denen jedoch keiner ein Schaufenster hatte. Es gab auch ein Postamt, aber statt der Flagge, die normalerweise vor so einem Gebäude weht, baumelte hier nur ein alter Schuh an der Fahnenstange. Der Post gegenüber erstreckte sich ein hoher Holzzaun bis ans Ende der Straße. In der Mitte dieses Zauns war ein ebenfalls hölzernes hohes Tor, auf dem in recht krakeligen und irgendwie klebrigen Buchstaben die Worte SÄGEMÜHLE GLÜCK & PARTNER geschrieben waren. Am Rand des Bürgersteigs, dort, wo man vielleicht eine Baumreihe erwartet hätte, stapelten sich alte Zeitungen. Kurzum, alles, was einen Ort schön oder sehenswert machen könnte, war hier schäbig oder langweilig, und wenn Jammerau doch in einem Reiseführer vorgekommen wäre, so hätte er für zufällig dorthin geratene Reisende nur einen einzigen nützlichen Tipp gehabt: »Reisen Sie sofort wieder ab!« Doch die drei Kinder konnten natürlich nicht abreisen und mit einem Seufzer führte Violet ihre jüngeren Geschwister zum Holztor. Sie wollte gerade anklopfen, als Klaus ihr auf die Schulter tippte und sagte: »Schau mal.«

»Ich weiß«, sagte sie. Violet dachte, er meinte die Buchstaben, mit denen der Name SÄGEMÜHLE GLÜCK & PARTNER geschrieben war. Jetzt nämlich, wo die Kinder vor dem Tor standen, konnten sie sehen, wieso die Buchstaben so klebrig und krakelig aussahen: Sie bestanden aus lauter ausgelutschten

Kaugummiklumpen, die einfach in Form von Buchstaben auf das Tor gepappt worden waren. Abgesehen von einem Schild, das ich einmal gesehen habe, auf dem das Wort »ACHTUNG« aus lauter toten Affen zusammengesetzt war, war das Firmenschild der Sägemühle Glück & Partner das ekelerregendste Schild auf der ganzen Welt, und Violet nahm an, dass ihr Bruder sie darauf aufmerksam machen wollte. Aber als sie sich umdrehte, um ihm Recht zu geben, merkte sie, dass er gar nicht auf das Schild schaute, sondern auf einen Punkt ganz am Ende der Straße.

»Schau mal«, wiederholte Klaus, aber Violet wusste schon, was Klaus gesehen hatte. Ohne ein Wort zu sagen, standen beide da und starrten auf ein Gebäude am Ende der einzigen Straße von Jammerau. Sunny hatte einige der Zahnabdrücke in den Kaugummis untersucht, aber als ihre Geschwister verstummten, schaute sie auf und entdeckte dasselbe wie sie. Einige Sekunden lang blickten die Baudelaire-Waisen nur starr nach vorn.

»Das muss ein Zufall sein«, sagte Violet nach einer langen Pause.

»Klar«, entgegnete Klaus nervös, »reiner Zufall.«

»Warni«, stimmte Sunny ihnen zu, aber überzeugt war sie nicht. Keines der drei Geschwister war es. Erst jetzt, als sie vor der Sägemühle standen, konnten sie nämlich am Ende der Straße noch ein Gebäude sehen. Wie die übrigen Häuser auch hatte es keine Fenster, nur eine runde Tür in der Mitte. Aber dass die Baudelaires es so anstarrten, hatte mit der Form und der Bemalung des Hauses zu tun. Es war halbwegs oval geformt und oben ragten gebogene, dünne Stäbe heraus. Der größte Teil des Ovals war bräunlich gestrichen, aber in der Mitte befand sich ein großer weißer Kreis und in diesem wiederum ein kleinerer grüner. Ein paar kurze schwarze Stufen führten zu der runden, schwarz gestrichenen Tür, so dass man den Eindruck hatte, in dem grünen Kreis gäbe es einen noch kleineren schwarzen. Das Haus war so gebaut, dass es wie ein Auge aussah.

Die drei Kinder sahen erst einander an, dann noch einmal das Gebäude und schließlich wieder einander. Sie schüttelten den Kopf. So gern sie es auch wollten, sie konnten einfach nicht an einen Zufall glauben, wenn es in der Stadt, in der sie in Zukunft leben sollten, ein Haus gab, das ganz genauso aussah wie die Tätowierung von Graf Olaf.

Zweites Kapitel

Eine schlechte Nachricht auf schriftlichem Wege zu erhalten ist viel, viel schlimmer, als wenn einem einfach nur gesagt wird, was los ist. Du verstehst sicher auch, warum das so ist. Wenn jemand dir etwas Unerfreuliches berichtet, dann hörst du es einmal, und das war's auch schon. Aber wenn etwas Unerfreuliches aufgeschrieben wird, ob in einem Brief oder einer Zeitung oder mit Filzstift auf deinem Arm, dann ist es für dich, als würdest du diese schlechte Nachricht immer wieder aufs Neue erhalten. Ich zum Beispiel habe einmal eine Frau geliebt, die mich aus verschiedenen Gründen nicht heiraten konnte. Hätte sie mir das persönlich gesagt, dann wäre ich natürlich sehr traurig gewesen, aber irgendwann wäre ich wohl auch darüber hinweggekommen. Stattdessen aber hat sie sich dafür entschieden, ein 200-Seiten-Buch zu schreiben, in dem sie ganz ausführlich jede kleine Einzelheit dieser schlechten Nachricht ausbreitet, und so wurde ich wirklich abgrundtief traurig. Als mir das Buch überbracht wurde, übrigens von einer Schar Brieftauben, da schlief ich die ganze Nacht nicht, weil ich es sofort lesen wollte. Noch heute lese ich es immer wieder, und so ist es, als würde meine geliebte Beatrice mir an jedem Tag und in jeder Nacht meines Lebens die schlechte Nachricht immer wieder aufs Neue zukommen lassen.

Die Baudelaire-Waisen klopften viele Male an das Tor, wobei sie gut Acht gaben, dass sie mit den Knöcheln nicht die ekligen Kaugummibuchstaben berührten. Es erschien aber niemand, und so drückten sie schließlich die Klinke hinunter und stellten fest, dass das Tor gar nicht verschlossen war. Dahinter lag ein großer, ungepflasterter Hof, und auf dem nackten Boden lag ein Briefumschlag, auf dem mit Schreibmaschine das Wort »Baudelaires« geschrieben war. Klaus hob den Umschlag auf, öffnete ihn und zog einen Zettel heraus. Darauf stand:

An: *Die Baudelaire-Waisen*
Von: *Sägemühle Glück & Partner*
Betreff: *Eure Ankunft*

In der Anlage findet ihr einen Plan der Sägemühle Glück & Partner, der euch kostenfrei überlassen wird und in dem ihr auch den Schlafsaal eingezeichnet findet, in dem ihr leben werdet. Bitte meldet euch morgen früh zusammen mit den übrigen Angestellten zur Arbeit. Der Besitzer der Säge-

mühle Glück & Partner erwartet von euch Engagement und Enthusiasmus.

»Was heißt denn das – Engagement und Enthusiasmus?«, fragte Violet, die Klaus über die Schulter geschaut hatte.
»Im Grunde genommen bedeuten beide Ausdrücke das Gleiche«, entgegnete Klaus, der viele eindrucksvolle Wörter kannte, weil er so viele Bücher gelesen hatte, »nämlich harte Arbeit.«
»Aber Mr. Poe hat nichts davon gesagt, dass wir hier arbeiten sollen«, sagte Violet. »Ich dachte, wir sollten hier einfach nur wohnen.«
Stirnrunzelnd betrachtete Klaus den von Hand gezeichneten Plan, der mit einem zerkauten Kaugummiklumpen an dem Zettel befestigt war. »Der Plan sieht jedenfalls ganz einfach aus«, sagte er. »Der Schlafsaal ist gleich auf der anderen Seite – zwischen dem Lagerschuppen und dem eigentlichen Sägewerk.«
»Ich will aber nicht zwischen einem Lagerschuppen und einem Sägewerk leben müssen«, warf Violet ein.
»Sehr witzig klingt es wirklich nicht«, gab Klaus zu, »aber man weiß ja nie. Vielleicht haben sie in dem Werk ja komplizierte Maschinen, die du dir genau ansehen kannst – das wäre bestimmt interessant.«
»Stimmt«, sagte Violet, »man weiß ja nie. Vielleicht

haben sie da ja ein bisschen hartes Holz – Sunny fände es bestimmt interessant, da hineinzubeißen.«

»Snevi!«, quiekte Sunny.

»Und für mich gibt es vielleicht ein paar interessante Betriebsanleitungen für Sägewerke, die ich lesen könnte«, meinte Klaus. »Man weiß ja nie.«

»Stimmt«, sagte Violet. »Man weiß ja nie. Vielleicht stellt sich ja heraus, dass es ganz toll ist, hier zu leben.«

Die drei Geschwister sahen einander an und merkten, dass sie sich ein wenig besser fühlten. Es ist schon richtig – man weiß ja nie. Eine neue Erfahrung kann extrem angenehm oder auch extrem unangenehm sein. Sie kann aber auch gerade dazwischen liegen, und bis man sie gemacht hat, weiß man es nicht. Als die Kinder jetzt auf das graue, fensterlose Gebäude zugingen, fühlten sie sich bereit, ihr neues Zuhause in der Sägemühle Glück & Partner auszuprobieren – man weiß ja nie. Allerdings – und es schmerzt mich, dir das sagen zu müssen – *ich* weiß es schon. Ich weiß es, weil ich in der Sägemühle Glück & Partner gewesen bin und von all den abscheulichen Dingen gehört habe, die unseren armen Waisenkindern in der kurzen Zeit, die sie dort verbracht haben, zugestoßen sind. Ich weiß es, weil ich mit Leuten gesprochen habe, die damals auch dort waren, und weil ich mit meinen eigenen

Ohren die traurige Geschichte von den Erlebnissen der Kinder in Jammerau gehört habe. Ich weiß es, weil ich alle Einzelheiten aufgeschrieben habe, um sie dir mitzuteilen, damit du weißt, wie grässlich die Erfahrungen waren, die die drei dort gemacht haben. Ich weiß es, und das Wissen lastet auf meinem Herzen wie ein Bleigewicht, weil ich wünschte, ich wäre zur selben Zeit wie die Baudelaires in der Sägemühle gewesen, weil sie schließlich nicht wussten, was passieren würde. Ich wünschte, was ich heute weiß, hätte ich ihnen damals sagen können, als sie über den Hof gingen und bei jedem Schritt kleine Sägemehlwolken aufwirbelten. Sie wussten nicht, was passieren würde, aber ich weiß es, und ich wünschte, sie hätten es gewusst – falls du verstehst, was ich meine.

Als die Baudelaires die Tür des grauen Gebäudes erreichten, warf Klaus noch einen kurzen Blick auf den Plan, nickte und klopfte. Lange rührte sich nichts, dann ging die Tür knarrend auf und gab den Blick frei auf einen verwirrt aussehenden Mann, dessen Kleidung über und über mit Sägemehl bedeckt war. Er starrte sie eine ganze Weile an, bevor er den Mund öffnete.

»Seit das letzte Mal jemand an diese Tür geklopft hat«, sagte er schließlich, »sind vierzehn Jahre vergangen.«

Wenn jemand etwas so Seltsames sagt, dass du nicht weißt, was du darauf antworten sollst, dann ist es das Beste, du sagst nur einfach höflich: »Guten Tag!«

»Guten Tag!«, sagte Violet höflich. »Ich bin Violet Baudelaire und das sind meine Geschwister Klaus und Sunny.«

Der verwirrte Mann schaute jetzt noch verwirrter drein. Er klopfte sich ein bisschen Sägemehl vom Hemd und stemmte die Arme in die Seiten. »Seid ihr sicher, dass ihr hier richtig seid?«, fragte er.

»Ich glaube schon«, erwiderte Klaus. »Das hier ist doch der Schlafsaal der Sägemühle Glück & Partner, oder?«

»Ja«, sagte der Mann, »aber wir dürfen keinen Besuch bekommen.«

»Wir sind kein Besuch«, antwortete Violet. »Wir sollen hier wohnen.«

Der Mann kratzte sich am Kopf, und die Baudelaires sahen zu, wie das Sägemehl aus seinen wirr abstehenden grauen Haaren rieselte. »Ihr sollt *hier* wohnen, in der Sägemühle?«

»Zigam!«, schrie Sunny, was hieß: »Schauen Sie sich doch den Zettel an!«

Klaus reichte ihm den Zettel, und der Mann gab sich große Mühe, beim Lesen nicht das Kaugummi zu berühren. Dann sah er mit seinen müden, sägemehlumrandeten Augen zu den Waisen hinunter.

»Arbeiten sollt ihr hier auch? Eins will ich euch sagen, Kinder: Die Arbeit in einer Sägemühle ist sehr, sehr schwer. Die Bäume müssen entrindet und dann in lauter flache Scheiben zersägt werden, aus denen man anschließend Bretter machen kann. Die Bretter müssen gebündelt und auf Lastwagen geladen werden. Glaubt mir, die meisten, die im Holzgewerbe arbeiten, sind Erwachsene. Aber wenn der Chef sagt, dass ihr hier arbeiten sollt, dann wird es wohl so sein. Also kommt erst mal rein.«

Der Mann machte die Tür ein Stück weiter auf und die Baudelaires traten ein. »Ich bin übrigens Phil«, sagte Phil. »Ihr könnt gleich mit uns zu Abend essen, aber vorher führe ich euch noch im Schlafsaal herum.« Er ging voraus in einen großen, schwach beleuchteten Saal mit Stockbetten, die in vielen Reihen nebeneinander auf dem nackten Zementboden standen. Auf den Betten saßen oder lagen alle möglichen Leute, Männer und Frauen. Alle sahen müde aus und alle waren mit Sägemehl bedeckt. Manche saßen zusammen in Gruppen von vier oder fünf, spielten Karten oder unterhielten sich leise, andere starrten nur vor sich hin. Einige sahen schwach interessiert auf, als die drei Geschwister den Saal betraten. Es roch muffig, so wie es riecht, wenn irgendwo schon längere Zeit die Fenster nicht geöffnet wurden. In diesem Fall waren die Fenster allerdings noch nie geöffnet worden, weil es nämlich gar keine gab. Irgendjemand hatte mit einem Kugelschreiber Fenster auf die grauen Zementwände gemalt. Diese gemalten Fenster ließen den Raum irgendwie noch deprimierender aussehen, was hier so viel heißen soll wie »traurig und fensterlos«, und schon vom bloßen Anblick hatten die Baudelaires einen Kloß im Hals.

»Also hier schlafen wir«, sagte Phil. »Da hinten ganz in der Ecke ist ein Stockbett, das ihr euch teilen könnt. Eure Tasche schiebt ihr einfach unten drunter. Durch die Tür da drüben geht es zum Klo und am Ende des Flurs ist die Küche. Damit ist die große Besichtigungstour eigentlich auch schon zu Ende. Hört mal alle her – das sind Violet, Klaus und Sunny. Sie arbeiten jetzt hier.«

»Aber es sind doch noch Kinder!«, sagte eine der Frauen.

»Ich weiß«, sagte Phil. »Aber der Chef hat gesagt, dass sie jetzt hier arbeiten, und also arbeiten sie jetzt hier.«

»Übrigens«, sagte Klaus, »wie heißt der Besitzer eigentlich? Das hat uns noch keiner gesagt.«

»Ich weiß es nicht«, sagte Phil und strich sich über das eingestaubte Kinn. »Er ist schon sechs Jahre oder so nicht mehr hier bei uns gewesen. Kann sich noch jemand erinnern, wie der Chef heißt?«

»Mister Soundso, glaube ich«, sagte einer der Männer.

»Soll das heißen, Sie haben noch nie mit ihm gesprochen?«, fragte Violet.

»Wir sehen ihn ja nicht einmal«, sagte Phil. »Der Chef lebt in einem Haus auf der anderen Seite vom Lagerschuppen und kommt nur bei besonderen Gelegenheiten zum Sägewerk. Den Vorarbeiter, den sehen wir immer, aber den Chef nie.«

»Teruca?«, fragte Sunny, was vermutlich heißen sollte: »Was ist denn ein Vorarbeiter?«

»Ein Vorarbeiter«, erklärte Klaus, »ist jemand, der andere Arbeiter überwacht. Ist er nett, Phil?«

»Er ist widerlich«, sagte einer der Männer und einige andere stimmten ihm gleich zu.

»Schrecklich ist er!«

»Ekelhaft!«

»Abstoßend!«

»Er ist der schlimmste Vorarbeiter, den die Welt je gesehen hat.«

»Er ist wirklich ziemlich übel«, sagte Phil zu den Baudelaires. »Der, den wir vorher hatten, Vorarbeiter Feuerstein, war in Ordnung. Aber letzte Woche kam er plötzlich nicht mehr, das war sehr merkwürdig. Der Mann, der seinen Posten gekriegt hat, Vorarbeiter Flacutono, ist ganz gemein. Stellt euch bloß gut mit ihm, wenn ihr keine Probleme haben wollt.«

»Wie soll man sich mit dem Mann denn gut stellen? An dem ist doch absolut nichts Gutes zu finden«, warf eine Frau ein.

»Na, na«, meinte Phil, »alles und jeder hat eine gute Seite. Jetzt kommt, es gibt Essen.«

Die Baudelaire-Waisen lächelten Phil zu, als sie zusammen mit den anderen Angestellten der Sägemühle Glück & Partner in die Küche gingen, aber der Kloß in ihrer Kehle war immer noch so groß wie die Klumpen in dem Rindfleischeintopf, den es zum Essen gab. Aufgrund von Phils Bemerkung, dass alles und jeder eine gute Seite habe, wussten sie, dass er ein Optimist war. Optimisten sind Menschen, die so wie Phil das allermeiste hoffnungsvoll und positiv sehen. Wenn zum Beispiel einem Optimisten der linke Arm von einem Krokodil abgebissen wird, dann würde er vielleicht hoffnungsvoll und positiv sagen: »Auch gut. Ich habe zwar keinen linken Arm mehr, aber wenigstens wird mich jetzt keiner mehr fragen, ob ich Rechts- oder Linkshänder bin.« Die meisten von uns dagegen würden eher so etwas sagen wie: »Auaaa! Mein Arm! Mein Arm!«

Die Baudelaires aßen ihren klumpigen Eintopf und versuchten ebenso optimistisch zu sein wie Phil, aber sosehr sie sich auch bemühten, sie brachten doch keinen hoffnungsvollen oder positiven Gedanken zustande. Sie dachten an das Stockbett, in dem sie in Zukunft zu dritt schlafen würden, und an den stinkenden Saal mit den Kugelschreiberfenstern. Sie dachten an die schwere Arbeit, die sie in der Sägemühle erwartete, an das Sägemehl, das sie über und über bedecken würde, und an den Vorarbeiter Flacutono, der sie schikanieren würde. Sie dachten auch an das augenförmige Gebäude außerhalb des Holztores. Vor allem aber dachten sie an ihre Eltern, ihre armen Eltern, die sie so sehr vermissten und die sie nie mehr wiedersehen würden. Sie dachten nach, solange sie aßen, sie dachten nach, während sie ihre Schlafanzüge anzogen, und sie dachten nach, während Violet sich im oberen Bett hin- und herwälzte und Klaus und Sunny im unteren. Wie zuvor draußen im Hof dachten sie, dass man es ja nie wissen könne und dass ihr neues Zuhause sich noch immer als ganz toll herausstellen könnte. Nein, wissen konnten sie es nicht, aber Ahnungen konnten sie haben. Und während um sie herum die Arbeiter der Sägemühle Glück & Partner schnarchten, dachten die Kinder über ihre unglücklichen Lebensumstände nach und hatten so ihre Ahnungen. Sie wälzten sich hin, sie wälzten sich her, sie dachten und sie dachten, und als sie endlich einschliefen, da gab es in den beiden Baudelaire-Betten keinen einzigen Optimisten mehr.

Drittes Kapitel

Der Morgen ist eine wichtige Tageszeit, denn je nachdem, wie der Tag beginnt, kann man oft schon sagen, wie er weitergehen wird. Stell dir vor, du wachst in einem gemütlichen Himmelbett auf, die Vögel zwitschern, und neben dem Bett wartet ein Butler mit einem Silbertablett, auf dem schon dein Frühstück aus knusprigen Brötchen und frisch gepresstem Orangensaft bereitsteht – dann ist dir gleich klar, dass es ein wundervoller Tag wird. Wenn du in einem normal großen Bett aufwachst und der Butler dasteht mit heißem Tee und einem Teller mit Toast, dann weißt du, es wird ein durchschnittlich guter Tag. Wenn du aber davon wach wirst, dass jemand zwei Blechtöpfe aneinander schlägt, und du dich in einer engen Koje befindest, während im Gang ein unsympathischer Vorarbeiter ganz ohne Frühstück steht, dann weißt du, dass es ein schrecklicher Tag wird.

Du und ich sind nicht besonders überrascht, dass der erste Tag der Baudelaire-Waisen in der Sägemühle Glück & Partner schrecklich war, und nach ihrem traurigen Empfang hatten auch die Baudelaires mit Sicherheit weder Vogelgezwitscher noch einen Butler erwartet. Aber nicht in ihren wildesten Träumen hatten sie mit der Kakophonie gerechnet, von der sie geweckt wurden. Kakophonie bedeutet hier übrigens so viel wie »das Geräusch von zwei Blechtöpfen, die ein widerlicher Vorarbeiter ganz ohne Frühstück aneinander schlägt«.

»Raus mit euch, ihr stinkenden Faulpelze!«, rief der Vorarbeiter mit einer ganz merkwürdig klingenden Stimme. Er hörte sich an wie jemand, der sich ein Tuch vor den Mund presst. »Alles an die Arbeit, draußen wartet schon eine neue Ladung Baumstämme darauf, zersägt zu werden.«

Die Kinder setzten sich auf und rieben sich die Augen. Um sie herum reckten und streckten sich die Angestellten der Sägemühle, soweit sie sich nicht gerade die Ohren zuhielten, weil die Kochtöpfe so einen Lärm machten. Phil, der bereits auf den Beinen war und gerade ordentlich sein Bett machte, schenkte den Kindern ein müdes Lächeln.

»Guten Morgen, Baudelaires«, sagte er. »Und auch Ihnen einen guten Morgen, Vorarbeiter Flacutono. Darf ich Sie mit Ihren neuen Mitarbeitern bekannt machen? Vorarbeiter Flacutono, das hier sind Violet, Klaus und Sunny Baudelaire.«

»Ich hab schon gehört, dass wir neue Arbeiter kriegen würden«, antwortete der Vorarbeiter und ließ die Töpfe auf den Boden fallen, dass es schepperte. »Von Zwergen hat mir allerdings niemand etwas gesagt.«

»Wir sind keine Zwerge«, erklärte Violet. »Wir sind Kinder.«

»Kinder oder Zwerge – das ist mir doch egal«, sagte Flacutono mit seiner gedämpften Stimme. »Mich interessiert bloß, dass ihr jetzt aus dem Bett kommt und ins Sägewerk rübergeht, aber ein bisschen dalli.«

Die Baudelaires sprangen aus ihren Betten. Schließlich wollten sie nicht riskieren, einen Mann zu verärgern, der Töpfe zusammenschlug, anstatt Guten Morgen zu sagen. Aber kaum hatten sie sich Vorarbeiter Flacutono genauer angesehen, da wären sie am liebsten in ihre Betten zurückgehüpft und hätten sich die Decke über den Kopf gezogen.

Sicher hast du auch schon Leute sagen hören, dass es auf das Äußere eines Menschen nicht ankommt und dass nur das Innere zählt. Das ist natürlich kompletter Blödsinn, denn wenn diese Leute Recht hätten, dann müssten sich die guten Menschen ja niemals baden oder kämmen, und die ganze Welt würde noch mehr stinken, als sie es ohnehin schon tut. Es ist durchaus wichtig, wie jemand aussieht, weil man durch die Art, wie jemand sich seinen Mitmenschen präsentiert, viel über sie oder ihn erfährt. So wie Vorarbeiter Flacutono sich ihnen präsentierte, wollten die Waisen am liebsten sofort wieder in ihre Betten zurück. Er trug einen verfleckten Overall, was immer einen schlechten Eindruck macht, und seine Schuhe waren nicht mit Schnürsenkeln verschlossen, sondern einfach mit Klebestreifen zugeklebt. Am unerfreulichsten aber war der Kopf des Vorarbeiters. Vermutlich war Vorarbeiter Flacutono kahl, so kahl wie ein Ei, aber anstatt wie vernünftige Leute zu dieser Glatze zu stehen, trug er eine weiße Lockenperücke. Es sah aus, als hätte er den Kopf voller Würmer. Einige dieser Wurmhaare standen senkrecht hoch, andere kringelten sich zur Seite, wieder andere hingen ihm über die Ohren oder über die Stirn, und einige wenige standen steil ab, so als versuchten sie, von Flacutonos Schädel zu fliehen. Unterhalb der Perücke starrte ein Paar dunkler Knopfaugen die Kinder auf äußerst unangenehme Weise an.

Wie das Gesicht sonst aussah, ließ sich unmöglich sagen, da es hinter einem Mundschutz verborgen war, wie ihn Krankenhausärzte tragen. Die Nase des Vorarbeiters war unter dem Stoff plattgedrückt und erinnerte an einen Alligator, der sich im Schlamm zu verstecken sucht, und als Flacutono sprach, da sahen die Baudelaires, wie sich sein Mund hinter dem Tuch öffnete und schloss. Wenn man in einem Krankenhaus arbeitet, ist es natürlich sehr sinnvoll, einen Mundschutz zu tragen, um die Verbreitung von Keimen zu stoppen, aber wenn ein Vorarbeiter der Sägemühle Glück & Partner sich so ein Tuch umbindet, dann ist das einfach Schwachsinn. Wenn also Vorarbeiter Flacutono einen Mundschutz trug wie ein Chirurg, so konnte das nur einen einzigen Grund haben, nämlich den, dass er den Leuten Angst machen wollte, und das war ihm bei den Baudelaires gründlich gelungen.

»Als Erstes könnt ihr mal meine Töpfe aufheben, Baudelügner«, sagte Vorarbeiter Flacutono, während er mit zusammengekniffenen Augen auf die drei hinuntersah. »Und wehe, sie fallen mir euretwegen noch einmal runter!«

»Aber wir waren doch gar nicht daran schuld!«, protestierte Klaus.

»Bram!«, fügte Sunny hinzu, was vermutlich so viel hieß wie: »Und außerdem heißen wir mit Nachnamen Baude*laire.*«

»Wenn ihr jetzt nicht sofort die Töpfe aufhebt«, sagte Vorarbeiter Flacutono, »dann kriegt ihr kein Kaugummi zum Mittagessen.«

Die Baudelaires legten keinen großen Wert auf Kaugummi, schon gar nicht auf Pfefferminzkaugummi, auf das sie allergisch reagierten, aber die Mädchen sprangen trotzdem hin und hoben die Töpfe auf. Violet nahm einen und Sunny den anderen, während Klaus rasch die Betten machte.

»Her damit!«, blaffte Vorarbeiter Flacutono die beiden an und riss ihnen die Töpfe aus der Hand. »So, Arbeiter, wir haben schon genug Zeit vergeudet. Ab ins Sägewerk! Die Bäume warten!«

»Ich hasse die Tage, an denen neue Bäume kommen«, brummte einer der Angestellten vor sich hin, aber alle folgten Vorarbeiter Flacutono aus dem Schlafsaal und über den nackten Hof hinüber zum Sägewerk, einem öden grauen Gebäude, aus dem lauter Schornsteine herausragten wie Stacheln aus einem Stachelschwein. Besorgt sahen die drei Kinder einander an. Noch nie in ihrem Leben hatten die Baudelaires gearbeitet, außer einmal an einem Sommertag, als ihre Eltern noch lebten und sie vor ihrem Haus einen Stand aufgebaut hatten, an dem sie Limonade verkauften. So waren sie jetzt ziemlich nervös.

Die Baudelaires folgten Vorarbeiter Flacutono ins Sägewerk, das, wie sie sahen, aus einer einzigen großen Halle bestand, die mit gewaltigen Maschinen angefüllt war. Violet betrachtete eine Maschine aus glänzendem Stahl mit einem Paar stählerner Greifzangen, die an die Beine eines Krebses erinnerten, und versuchte dahinter zu kommen, wie diese Konstruktion wohl funktionieren mochte. Klaus schaute eine Maschine an, die wie ein großer Käfig aussah, in dem ein meterlanges Seil zu einem enormen Ballen aufgerollt war, und versuchte sich an das zu erinnern, was er über Sägemühlen gelesen hatte. Sunny starrte auf eine verrostete, garantiert grässlich kreischende Maschine und fragte sich angesichts der bedrohlich spitzen Zähne an dem kreisrunden Sägeblatt, ob sie wohl schärfer waren als ihre eigenen. Alle drei Baudelaires bestaunten eine Maschine, aus der viele kleine Rohre wie Schornsteine hochragten. Hoch oben hing ein gewaltiger flacher Stein, und die Kinder fragten sich, was um alles in der Welt der wohl da oben sollte.

Den Baudelaires blieben allerdings nur wenige Sekunden, um sich über all diese Maschinen Gedanken zu machen, bevor Vorarbeiter Flacutono wieder seine Töpfe zusammenschlug und seine Befehle bellte. »An die Stämme!«, brüllte er. »Greiferanlage anwerfen und los!«

Phil rannte zur Greiferanlage und drückte auf einen orangeroten Knopf. Die Greifarme öffneten sich mit einem unangenehm pfeifenden Geräusch und streckten sich in Richtung auf die gegenüberliegende Wand der Halle. Die Waisen waren so fasziniert gewesen von den Maschinen, dass sie gar nicht die Bäume bemerkt hatten, die mitsamt ihren Wurzeln und Ästen in einem gewaltigen Stapel am Ende der Halle lagerten, gerade so, als hätte ein Riese mal eben einen kleinen Wald aus der Erde gerissen und in der Halle fallen gelassen. Die Greifarme packten den obersten Baum und ließen ihn langsam hinunter, während Vorarbeiter Flacutono seine Töpfe zusammenschlug und brüllte: »Jetzt die Rindenschäler, los, los!«

Eine der Angestellten ging in eine der hinteren Ecken der Halle, wo sich winzige grüne Schachteln neben einem Haufen flacher Leisten aus Metall stapelten. Die Leisten erinnerten an Aale, so lang und dünn waren sie. Wortlos griff die Frau danach und teilte eine nach der anderen aus. »Nehmt euch so einen Rindenschäler«, flüsterte sie den Kindern zu. »Jeder einen.«

Die Kinder nahmen jeder einen Rindenschäler und standen dann da, verwirrt und hungrig, während der erste Baumstamm am Boden abgelegt wurde. Wieder schlug Vorarbeiter Flacutono seine Töpfe zusammen und sofort drängten sich die Arbeiter um den Stamm und begannen mit ihren Schälmessern über die Rinde zu kratzen. So schabten sie nach und nach die Rinde von allen Bäumen, so wie du und ich uns beispielsweise die Nägel feilen. »Ihr auch, Zwerge!«, brüllte der Vorarbeiter, und die Kinder zwängten sich zwischen die Erwachsenen, um ihrerseits den Baum zu schälen.

Phil hatte ihnen schon beschrieben, wie hart die Arbeit in einer Sägemühle ist, und es hatte sich wirklich nicht nach einem Zuckerschlecken angehört. Aber wie du dich erinnern wirst, war Phil ein Optimist, und so stellte es sich heraus, dass die Arbeit noch viel, viel schlimmer war. Sunny konnte ihren Rindenschäler kaum heben und benutzte stattdessen ihre Zähne, aber Violet und Klaus hatten nur durchschnittlich scharfe Zähne und mussten sich so mit den Geräten abmühen. Alle drei schabten und schabten, aber mehr als winzige Stückchen Rinde lösten sich nicht. Außerdem hatten sie kein Frühstück gehabt, so dass sie im Laufe des Vormittags so hungrig wurden, dass auch die beiden Älteren ihre Rindenschäler kaum noch halten, geschweige denn einen Baum damit abschälen konnten. Und wenn ein Baum endlich entrindet war, dann legten die Greifarme sogleich den nächsten Stamm am Boden ab, und alles begann von vorn, was wirklich furchtbar eintönig war. Das Allerschlimmste aber war der absolut ohrenbetäubende Lärm in der Sägemühle Glück & Partner. Die Rindenschäler machten ein unangenehm kratzendes Geräusch, wenn man sie über die Stämme zog, die Greiferanlage stieß einen scheußlichen Pfeifton aus, wenn ihre Zangen die Stämme packten, und Vorarbeiter Flacutono machte diesen grauenvollen Lärm mit seinen Kochtöpfen. Die Waisen wur-

den immer müder und immer genervter. Der Magen knurrte ihnen und ihre Ohren dröhnten. Und zu alledem war ihnen entsetzlich langweilig.
Als die Angestellten schließlich ihren vierzehnten Stamm geschafft hatten, schlug Vorarbeiter Flacutono wieder seine Töpfe zusammen: »Mittagspause!« Die Arbeiter hörten auf zu schaben, die Greifanlage hörte auf zu pfeifen und alles setzte sich erschöpft auf den Boden. Vorarbeiter Flacutono schmiss seine Töpfe hin, ging hinüber zu den winzigen grünen Schachteln und nahm eine davon. Er riss sie auf und warf den Arbeitern kleine rosa Vierecke zu, jedem eines. »Ihr habt fünf Minuten Zeit zum Essen!«, brüllte er, als er den Kindern drei der rosa Vierecke zuwarf. Die Baudelaires sahen, dass sich auf seinem Mundschutz ein kleiner feuchter Fleck gebildet hatte von der Spucke, die ihm aus dem Mund flog, wenn er seine Befehle bellte. »Fünf Minuten, mehr nicht!«
Violet schaute von dem feuchten Fleck auf der Maske auf das rosa Viereck in ihrer Hand, und im ersten Augenblick konnte sie nicht glauben, was sie da sah. »Das ist ja Gummi!«, sagte sie. »Kaugummi!«
Klaus schaute von dem Viereck in der Hand seiner Schwester auf sein eigenes. »Aber Kaugummi ist doch kein Mittagessen!«, rief er. »Es ist nicht einmal ein Imbiss!«

»Tanco«, quiekte Sunny, was so viel bedeutete wie: »Und Babys sollen sowieso kein Kaugummi essen, weil sie daran ersticken können.«

»Esst es lieber«, sagte Phil und rückte ein Stück näher zu den Kindern. »Es füllt zwar nicht gerade den Magen, aber es ist alles, was ihr bis zum Abendessen bekommt.«

»Na ja, vielleicht können wir morgen ein bisschen früher aufstehen und uns ein paar Brote schmieren«, meinte Violet.

»Wir haben hier nichts, um Brote zu schmieren«, sagte Phil. »Wir bekommen nur ein einziges Essen, und zwar abends. Meistens Eintopf.«

»Vielleicht können wir ja in die Stadt gehen und uns ein paar Zutaten für belegte Brote kaufen«, schlug Klaus vor.

»Schön wär's«, erwiderte Phil, »aber wir haben kein Geld.«

»Was ist mit eurem Lohn?«, fragte Violet. »Ihr könnt doch bestimmt etwas von dem, was ihr verdient, für Essen ausgeben.«

Mit einem traurigen Lächeln griff Phil in seine Tasche. »In der Sägemühle Glück & Partner wird man nicht mit Geld entlohnt«, sagte er und zog ein Bündel schmaler Papierstreifen hervor. »Geld bekommen wir hier nicht, nur Gutscheine. Seht mal, das haben wir gestern verdient: 20 Prozent Rabatt auf eine Flasche Shampoo in Sams Frisurenpalast. Vorgestern gab es diesen Gutschein hier für eine Nachfüllpackung Eistee, gratis, und letzte Woche diesen hier: ›Kaufen Sie zwei Banjos zum Preis von einem.‹ Das Problem ist bloß, dass wir keine zwei Banjos kaufen können, weil wir ja nichts als diese Gutscheine haben.«

»Nelnu«, stieß Sunny aus, aber da schlug Vorarbeiter Flacutono schon seine Töpfe zusammen, und niemand konnte mehr dahinter kommen, was sie wohl gemeint hatte.

»Ende der Mittagspause!«, rief er. »Alles wieder an die Arbeit! Alle bis auf euch, Baudelämmer! Der Chef will euch sehen, jetzt gleich, in seinem Büro!«

Die Geschwister legten ihre Rindenschäler beiseite und sahen einander an. Sie waren so mit ihrer schweren Arbeit beschäftigt gewesen, dass sie gar nicht mehr daran gedacht hatten, wann sie wohl ihren neuen Vormund, wie immer er auch hieß, kennen lernen würden. Was für ein Mann mochte das sein, der Kinder zwang, in einem Sägewerk zu arbeiten? Was für ein Mann mochte so ein Ungeheuer wie Vorarbeiter Flacutono anstellen? Was für ein Mann mochte seine Angestellten mit Gutscheinen entlohnen und ihnen nichts als Kaugummi zu essen geben?

Vorarbeiter Flacutono schlug seine Töpfe zusammen

und zeigte auf die Tür, und die Kinder verließen die laute Halle und betraten den stillen Hof. Klaus zog den Plan heraus und wies seinen Schwestern den Weg zum Büro. Bei jedem Schritt, den die Geschwister machten, wirbelten kleine Staubwolken auf, die gut zu der Furcht passten, die wie eine dunkle Wolke über ihnen hing. Alle Knochen taten ihnen weh von der Arbeit des Vormittags und in ihren leeren Mägen rumorte es ganz seltsam. Der Morgen hatte schlecht begonnen, und die Kinder hatten ganz richtig vermutet, dass es kein guter Tag werden würde, aber als sie sich jetzt dem Büro näherten, fragten sie sich, ob es womöglich noch schlimmer kommen würde.

Viertes Kapitel

Das kennst du sicher auch: Wenn irgendwo in der Nähe ein Spiegel hängt, dann ist es einem fast unmöglich, nicht hineinzuschauen. Obwohl wir alle wissen, wie wir aussehen, interessieren wir uns doch immer für unser Spiegelbild, und wenn auch nur, weil wir wissen wollen, wie es uns geht. Während die Baudelaire-Waisen vor dem Büro ihres neuen Vormunds darauf warteten, eingelassen zu werden, schauten sie in den Spiegel, der im Flur hing, und sahen auf den ersten Blick, dass es ihnen nicht besonders gut ging. Müde sahen sie aus, und hungrig auch. In Violets Haaren hingen lauter Rindenstückchen, Klaus' Brille hing auf halbmast (was hier bedeuten soll, dass sie halb heruntergerutscht war, weil er sich den ganzen Morgen über die Baumstämme gebeugt hatte), und zwischen Sunnys vier Zähnen, die sie als Rindenschäler benutzt hatte, steckten kleine Holzsplitter. Im Spiegel war außer den Kindern selbst ein Gemälde zu sehen, das an der gegenüberliegenden Wand hing und einen Meeresstrand darstellte, und bei diesem Anblick ging es ihnen nur noch schlechter, weil jeder Strand sie immer an jenen schrecklichen Tag erinnerte, an dem die drei Geschwister ans Meer gegangen waren, wo sie bald darauf von Mr. Poe die Nachricht erhielten, ihre Eltern seien ums Leben gekommen. Die Kinder starrten ihr eigenes Spiegelbild an und das Spiegelbild des Strandgemäldes hinter ihnen, und sie konnten es kaum ertragen, an all das zu denken, was ihnen seit jenem Tag zugestoßen war.

»Wenn mir jemand gesagt hätte«, seufzte Violet, »damals, an jenem Tag am Strand, dass ich bald darauf in der Sägemühle Glück & Partner leben würde – ich hätte ihn für verrückt erklärt.«

»Wenn mir jemand gesagt hätte«, seufzte Klaus, »damals, an jenem Tag am Strand, dass ich bald darauf verfolgt werden würde von einem bösartigen, geldgierigen Mann namens Graf Olaf – ich hätte gesagt, er spinnt.«

»Worra«, seufzte Sunny und das hieß in etwa: »Wenn mir jemand gesagt hätte, damals, an jenem Tag am Strand, dass ich bald darauf mit meinen vier Zähnen die Rinde von Bäumen abnagen müsste – ich hätte gesagt, er ist psychoneurotisch gestört.«

Die traurigen Waisen betrachteten weiter ihr Spiegelbild und ihr Spiegelbild schaute traurig zurück. Ein Weilchen standen sie einfach da und dachten darüber nach, was für eine seltsame Richtung ihr

Leben genommen hatte. So sehr waren sie in ihre Gedanken vertieft, dass sie leicht zusammenzuckten, als sie auf einmal jemand ansprach.

»Ihr müsst Violet, Klaus und Sunny Baudelaire sein«, sagte dieser Jemand, und als die Kinder sich umdrehten, sahen sie einen sehr großen Mann mit sehr kurz geschnittenem Haar vor sich. Er trug eine leuchtend blaue Weste und hielt einen Pfirsich in der Hand. Lächelnd kam er auf sie zu, doch als er näher kam, runzelte er die Stirn. »Aber was ist das – ihr habt ja Baumrinde in den Haaren!«, sagte er. »Ich hoffe nur, ihr habt euch nicht in der Nähe der Sägemühle aufgehalten. Für Kinder kann das sehr gefährlich sein.«

Violet schaute auf den Pfirsich und fragte sich, ob sie wohl den Mut aufbrächte zu fragen, ob sie einmal hineinbeißen dürfe. »Wir haben den ganzen Vormittag dort gearbeitet«, sagte sie.

Wieder runzelte der Herr die Stirn. »*Gearbeitet?*«

Klaus schaute auf den Pfirsich und musste sich arg zusammennehmen, damit er ihn dem Mann nicht einfach aus der Hand riss. »Ja«, antwortete er. »Wir haben Ihre Anweisungen erhalten und uns heute früh gleich an die Arbeit gemacht. Heute sind neue Baumstämme geliefert worden.«

Der Herr kratzte sich am Kopf. »Anweisungen?«, fragte er. »Wovon in aller Welt redest du da?«

Sunny schaute auf den Pfirsich, und es kostete sie gewaltige Mühe, nicht aufzuspringen und ihre Zähne hineinzuschlagen. »Mollub!«, quiekte sie, was bestimmt heißen sollte: »Wir meinen die Nachricht, dass wir in der Sägemühle arbeiten sollen!«

»Also, es ist mir unbegreiflich, wie jemand drei so junge Menschen wie euch zum Arbeiten in ein Sägewerk schicken kann, und ich kann euch nur bitten, meine aufrichtige Entschuldigung entgegenzunehmen und meine Versicherung, dass dergleichen nicht wieder vorkommen wird.«

Die Waisen sahen einander an. War es möglich, dass ihre schrecklichen Erfahrungen in Jammerau einfach nur ein Irrtum waren? »Wollen Sie damit sagen, dass wir keine Baumstämme mehr entrinden müssen?«, fragte Violet.

»Selbstverständlich nicht«, sagte der Mann. »Ich verstehe überhaupt nicht, wie man euch auch nur hineinlassen konnte in die Halle. Schließlich gibt es darin einige äußerst gefährliche Maschinen. Ich werde sofort mit eurem Vormund darüber sprechen.«

»Heißt das, Sie sind gar nicht unser neuer Vormund?«, fragte Klaus.

»Aber nein!«, sagte der Mann. »Verzeiht, dass ich mich noch nicht vorgestellt habe. Ich bin Charles, und es ist mir wirklich eine Freude, euch drei hier zu haben in der Sägemühle Glück & Partner.«

»Es ist uns eine Freude, hier zu sein«, log Violet höflich.
»Es fällt mir etwas schwer, das zu glauben«, meinte Charles, »wenn ich bedenke, dass man euch gezwungen hat, in der Mühle zu arbeiten. Am besten, wir vergessen das alles jetzt ganz schnell und fangen noch mal von vorn an. Was haltet ihr von einem Pfirsich?«
»Sie haben bereits Mittagessen bekommen«, dröhnte plötzlich eine Stimme hinter ihnen, und die drei Waisen fuhren herum und starrten einen Mann an, der unbemerkt aufgetaucht war. Er war ziemlich klein, kleiner als Klaus, und trug einen Anzug aus dunkelgrünem, stark glänzendem Stoff, in dem er eher wie ein Krokodil aussah als wie ein Mensch. Er rauchte eine Zigarre und der Rauch hüllte seinen ganzen Kopf ein. Die Baudelaires waren sehr gespannt, wie das Gesicht dieses Mannes wohl aussehen würde, und das bist du sicher auch, aber lass dir gleich sagen, bevor die Geschichte weitergeht, dass du deine Neugier irgendwann mit ins Grab nehmen wirst, denn die Baudelaires bekamen das Gesicht dieses Menschen nie zu sehen, genauso wenig wie ich oder, so Leid es mir tut, wie du.
»Oh, guten Tag, Sir«, sagte Charles. »Ich habe mich soeben mit den Baudelaire-Kindern bekannt gemacht. Wussten Sie, dass sie bereits eingetroffen sind?«

»Natürlich wusste ich das«, sagte der mit der Rauchwolke vor dem Gesicht. »Ich bin doch kein Trottel.«

»Nein, gewiss nicht«, beeilte sich Charles zu sagen. »Aber wussten Sie auch, dass man sie im Sägewerk hat arbeiten lassen? Und dazu noch an einem Tag, an dem frische Baumstämme gekommen sind! Ich habe ihnen gerade erklärt, dass es sich um einen schrecklichen Irrtum gehandelt hat.«

»Das war kein Irrtum«, widersprach der Mann. »Irrtümer kommen bei mir nicht vor, Charles. Ich bin doch kein Trottel.« Er drehte sich um, so dass die Rauchwolke den Kindern gegenüber war. »Hallo, ihr Baudelaire-Waisen. Ich dachte, wir sollten uns mal in Augenschein nehmen.«

»Batex!«, quiekte Sunny, womit sie vermutlich meinte: »Aber genau das tun wir ja gar nicht!«

»Ich habe keine Zeit, mich darüber zu unterhalten«, sagte der Mann. »Charles kennt ihr also bereits. Er ist mein Partner. Wir teilen alles halbe-halbe. Das ist doch nur fair, oder? Was meint ihr?«

»Vermutlich«, erwiderte Klaus, »aber ich weiß sehr wenig über die Holzindustrie.«

»Oh, auf jeden Fall«, sagte Charles, »selbstverständlich ist es ein sehr faires Abkommen.«

»Na also«, sagte der Mann, »und ihr drei werdet hier auch fair behandelt. Ich habe gehört, was mit euren Eltern passiert ist. Wirklich zu dumm. Und ich weiß auch alles über diesen Kerl, diesen Graf Olaf. Das muss ja ein unangenehmer Zeitgenosse sein, genau wie die Leute, die für ihn arbeiten und die so seltsam aussehen. Also, als mich Mr. Poe angerufen hat, da habe ich Folgendes mit ihm ausgehandelt: Ich versuche, so gut ich kann, dafür zu sorgen, dass dieser Graf Olaf und seine Kumpane nicht in eure Nähe kommen, und dafür arbeitet ihr in meinem Sägewerk, bis ihr volljährig seid und das viele Geld kriegt. Das ist doch fair, oder?«

Die Baudelaires antworteten nicht auf diese Frage, weil jede Antwort sich wirklich erübrigte. Ein faires Abkommen besteht, wie jedermann weiß, darin, dass beide Seiten etwas geben, was mehr oder weniger gleichwertig ist. Wenn es dich langweilt, mit deinem Chemiebaukasten zu spielen und du ihn deinem Bruder gibst im Tausch gegen sein Puppenhaus, so wäre das ein fairer Handel. Wenn eine Frau mir das Angebot machte, mich auf ihrem Segelboot außer Landes zu schmuggeln, im Tausch gegen drei Freikarten für die Eisrevue, so wäre das ebenfalls ein fairer Handel. Aber jahrein, jahraus in einer Sägemühle zu arbeiten für den Besitzer, der seinerseits bloß *versucht*, einem diesen Graf Olaf vom Leib zu halten, das wäre nun wirklich wahnsinnig unfair, und die drei Kinder wussten das.

»Aber, Sir«, sagte Charles und lächelte die Baudelaires nervös an, »das kann doch nicht Ihr Ernst sein. Ein Sägewerk ist kein Arbeitsplatz für kleine Kinder!«

»Aber wieso denn nicht!«, antwortete der Mann. Er streckte seine Hand durch die Rauchwolke hindurch und kratzte sich irgendwo am Kopf. »Es wird sie Verantwortung lehren. Es wird sie den Wert der Arbeit lehren. Und es wird sie lehren, wie man aus Bäumen Bretter macht.«

»Nun ja, Sie werden schon wissen, was das Beste ist«, sagte Charles achselzuckend.

»Aber das alles können wir doch auch aus Büchern lernen«, sagte Klaus.

»Das stimmt, Sir«, sagte Charles, »die Kinder könnten in unserer Bibliothek sitzen und lernen. Sie scheinen sehr wohlerzogen zu sein, sie würden bestimmt keinen Ärger machen.«

»In *deiner* Bibliothek!«, entgegnete der Mann scharf. »Was für ein Unsinn! Hört nicht auf Charles, Kinder. Mein Partner hat darauf bestanden, dass wir für die Angestellten eine Bibliothek einrichten, und ich habe ihn gelassen. Aber Bücher sind kein Ersatz für harte Arbeit.«

»Bitte, Sir«, bat Violet. »Lassen Sie wenigstens unsere kleine Schwester tagsüber im Schlafsaal bleiben. Sie ist doch noch ein Baby!«

»Ich habe euch ein sehr gutes Angebot gemacht«,

sagte der Mann. »Solange ihr euch innerhalb der Tore der Sägemühle Glück & Partner aufhaltet, wird Graf Olaf nicht in eure Nähe kommen. Dazu bekommt ihr noch einen Platz zum Schlafen, ein schönes warmes Abendessen und ein Stück Kaugummi zu Mittag. Und für das alles müsst ihr nur ein paar Jahre arbeiten. Das scheint mir durchaus ein fairer Handel zu sein. So – es hat mich gefreut, euch kennen zu lernen. Wenn ihr keine weiteren Fragen habt, dann gehe ich jetzt wieder. Meine Pizza wird kalt, und wenn ich etwas hasse, dann ist es kaltes Mittagessen.«

»Ich hätte noch eine Frage«, sagte Violet, obwohl sie in Wahrheit noch viele Fragen hatte. Die meisten davon begannen mit den Worten: *Wie können Sie? – Wie können Sie kleine Kinder zwingen, in einem Sägewerk zu arbeiten?* war eine davon. *Wie können Sie uns so schrecklich behandeln, nach allem, was wir durchgemacht haben?* war eine andere. Und dann waren da noch: *Wie können Sie Ihre Angestellten mit Gutscheinen entlohnen statt mit Geld? Wie können Sie uns zum Mittagessen mit Kaugummi abspeisen? Wie können Sie es ertragen, ständig eine Rauchwolke vor dem Gesicht zu haben?* Aber all das waren Fragen, die ein höflicher Mensch wohl nicht stellte, zumindest nicht laut, und so schaute Violet ihrem neuen Vormund nur direkt in die Rauchwolke und fragte: »Wie heißen Sie?«

»Das tut nichts zur Sache«, antwortete der Mann. »Meinen Namen kann sowieso niemand richtig aussprechen. Nennt mich einfach Sir.«

»Ich begleite die Kinder zur Tür, Sir«, sagte Charles, und nach einem flüchtigen Winken war der Besitzer der Sägemühle Glück & Partner verschwunden. Nervös wartete Charles noch einen Augenblick, um sicherzugehen, dass Sir weit genug entfernt war, dann beugte er sich zu den Kindern hinunter und reichte ihnen den Pfirsich. »Er hat zwar gesagt, ihr hättet schon gegessen, aber kümmert euch nicht darum«, sagte er. »Hier, nehmt diesen Pfirsich.«

»Oh, danke schön«, rief Klaus und teilte den Pfirsich rasch in drei Teile für sich und seine Schwestern, wobei Sunny den größten Teil bekam, da sie schließlich nicht einmal ein Kaugummi bekommen hatte. Die Baudelaires schlangen den Pfirsich hinunter. Unter normalen Umständen hätten wohlerzogene Kinder sicher nicht so hastig und so geräuschvoll gegessen, schon gar nicht vor jemandem, den sie kaum kannten. Doch die Umstände waren alles andere als normal, so dass selbst Fachleute für gutes Benehmen Nachsicht gehabt hätten.

»Wisst ihr was«, begann Charles, »weil ihr so nette Kinder zu sein scheint und weil ihr heute schon so schwer gearbeitet habt, will ich etwas für euch tun. Könnt ihr erraten, was das sein könnte?«

»Sie reden noch mal mit Sir«, schlug Violet vor und wischte sich den Saft vom Kinn, »und überzeugen ihn davon, dass wir unmöglich in einer Sägemühle arbeiten können?«

»Ach nein«, sagte Charles, »das würde nichts bringen. Er hört nicht auf mich.«

»Aber Sie sind doch sein Partner«, wandte Klaus ein.

»Das spielt keine Rolle«, entgegnete Charles. »Wenn Sir einmal einen Entschluss gefasst hat, dann bleibt er auch dabei. Ich weiß, er ist manchmal ein bisschen gemein, aber das müsst ihr verstehen. Er hat eine ganz schreckliche Kindheit gehabt. Versteht ihr, was ich damit sagen will?«

Violet betrachtete das Gemälde mit der Strandszene und dachte wieder einmal an den furchtbaren Tag am Meer. »Ja«, seufzte sie, »ich verstehe. Ich glaube, ich habe auch eine ganz schreckliche Kindheit.«

»Da weiß ich etwas, wovon es euch besser gehen wird«, sagte Charles, »wenigstens ein bisschen besser. Bevor ihr euch wieder an die Arbeit macht, will ich euch die Bibliothek zeigen. Dann könnt ihr so oft hingehen, wie ihr wollt. Kommt mit, sie ist gleich am Ende des Gangs.«

Charles führte die Baudelaires den Gang entlang, und obwohl sie wussten, dass sie schon bald wieder arbeiten mussten, obwohl ihnen ein so unfaires Angebot gemacht worden war wie wohl selten einem

Kind, fühlten sich die drei Geschwister tatsächlich ein wenig besser. Ob Onkel Montys Schlangenbibliothek oder Tante Josephines Bibliothek mit den vielen Grammatikbänden, die juristische Bibliothek von Richterin Strauss oder, am allerbesten, die leider in Flammen aufgegangene Bibliothek ihrer Eltern mit Büchern aus allen möglichen Gebieten – in Bibliotheken fühlten sich die Kinder immer ein wenig besser. Allein die Aussicht, lesen zu können, gab den Baudelaires ein Gefühl, als fiele ein wenig Licht auf ihr elendes Leben. Am Ende des Gangs blieb Charles stehen, lächelte die Kinder an und öffnete eine schmale Tür.

Die Bibliothek war ein großzügiger Raum mit eleganten Regalen aus Holz und offensichtlich bequemen Sofas, auf denen man sich zum Lesen niederlassen konnte. An einer Wand waren mehrere Fenster, durch die mehr als genug Licht zum Lesen hereindrang, während an der gegenüberliegenden Wand eine Reihe von Landschaftsgemälden hing, genau das Richtige, um die Augen eine Weile ausruhen zu lassen. Die Baudelaires traten ein und sahen sich gründlich um. Aber besser fühlten sie sich nicht, kein bisschen.

»Wo sind denn die Bücher?«, fragte Klaus. »Diese eleganten Regale sind ja alle leer!«

»Das ist das einzige Manko an dieser Bibliothek«,

gab Charles zu. »Sir hat mir kein Geld gegeben, um Bücher zu kaufen.«

»Wollen Sie sagen, dass es hier überhaupt keine Bücher gibt?«, fragte Violet.

»Nur drei«, sagte Charles und ging auf ein Regal am anderen Ende des Raums zu. Dort standen, im untersten Fach, drei einsame Bücher. »Ohne Geld ist es natürlich schwer, an Bücher zu kommen. Aber diese drei sind mir gespendet worden. Sir persönlich hat dieses hier gespendet, *Die Geschichte der Sägemühle Glück & Partner. Die Verfassung von Jammerau* ist eine Spende unseres Bürgermeisters. Und das hier, *Ophthalmologie für Fortgeschrittene*, hat Dr. Orwell, eine Ärztin aus dem Ort, gestiftet.«

Charles hielt die Bücher hoch, damit die Kinder die Umschlagseiten gut anschauen konnten, und entsetzt und erschrocken starrten die Baudelaires darauf. Auf dem Umschlag der *Geschichte der Sägemühle Glück & Partner* war ein Gemälde zu sehen, das Sir zeigte, mit einer Rauchwolke vor dem Gesicht. *Die Verfassung von Jammerau* zeigte eine Fotografie des Postamtes, mit dem alten Schuh an der Fahnenstange. Doch beim Anblick des Umschlags der *Ophthalmologie für Fortgeschrittene* fielen den Baudelaires wirklich fast die Augen aus dem Kopf.

Du hast sicher schon oft gehört, dass man ein Buch nicht nach seinem Umschlag beurteilen soll. Aber wenn es schon schwierig ist, einen Mann, der kein Arzt ist, aber trotzdem mit einem Mundschutz und einer weißen Perücke herumläuft, für einen reizenden Menschen zu halten, so fiel es den Kindern erst recht schwer, zu glauben, dass die *Ophthalmologie für Fortgeschrittene* irgendetwas anderes als Unheil bedeuten konnte. Das griechische Wort *ophthalmos* bedeutet, wie du vielleicht weißt, *Auge*, aber selbst wenn du das nicht wissen solltest, könntest du es dem Umschlag leicht entnehmen. Darauf war nämlich ein Bild zu sehen, das die Kinder wiedererkannten. Sie kannten es aus ihren Alpträumen und sie kannten es aus persönlicher Erfahrung. Es zeigte ein Auge und die Baudelaires wussten: Es war das Kennzeichen Graf Olafs.

Fünftes Kapitel

In den folgenden Tagen lag den Baudelaires so einiges schwer im Magen. Was Sunny betrifft, war das sogar verständlich, denn sie hatte vom Pfirsich den Teil mit dem Kern bekommen. Normalerweise isst man den Kern natürlich nicht mit, aber Sunny hatte furchtbaren Hunger, und da sie ohnehin gern harte Sachen aß, landete der Kern schließlich in ihrem Magen, zusammen mit den Teilen der Frucht, die du und ich vielleicht genießbarer gefunden hätten. Aber dass den Baudelaires etwas schwer im Magen lag, das lag weniger an dem Imbiss, den Charles ihnen gegeben hatte, als an dem allgemeinen Gefühl, dass ihnen Unheil drohte. Sie waren sich völlig sicher, dass Graf Olaf ganz in ihrer Nähe lauerte, wie ein Raubtier, das nur darauf wartet, dass die Kinder einmal wegsehen, um sie dann anzuspringen.

So kam es, dass die drei jeden Morgen, wenn Vorarbeiter Flacutono seine Töpfe aneinander schlug, um alle Leute aufzuwecken, als Erstes genau hinschauten, ob nicht vielleicht Graf Olaf inzwischen seinen Platz eingenommen hatte. Es hätte ihm wirklich ähnlich gesehen, sich eine weiße Perücke überzustülpen, einen Mundschutz vorzubinden und die Baudelaires geradewegs aus ihren Kojen zu klauen. Aber Vorarbeiter Flacutono hatte immer dieselben dunklen Knopfaugen, die nicht im Geringsten an Graf Olafs funkelnde Augen erinnerten, und er sprach auch immer mit dieser rauen, gedämpften Stimme, die das genaue Gegenteil war von Graf Olafs hoher, schnarrender Stimme.

Wenn die Kinder über den kahlen Hof zum Sägewerk hinüberliefen, dann schauten sie ihre Kollegen gründlich an. Es hätte Graf Olaf durchaus ähnlich gesehen, als Arbeiter hier anzuheuern und sich die Kinder zu schnappen, wenn Vorarbeiter Flacutono gerade nicht hinsah. Aber auch wenn alle Angestellten müde, traurig und hungrig aussahen, so sah doch keiner von ihnen böse oder geldgierig aus oder hatte so schreckliche Manieren wie Graf Olaf. Auch bei ihrer Knochenarbeit im Sägewerk – Knochenarbeit bedeutet nicht Arbeit mit Knochen, sondern körperlich schwere Arbeit –, fragten sich die Waisen, ob Graf Olaf womöglich eine dieser gewaltigen Maschinen dazu benutzen würde, auf irgendeine Weise Hand an ihr Vermögen zu legen. Aber auch das schien nicht der Fall zu sein. Nachdem sie mehrere Tage lang die Rinde von den Bäumen geschält hatten, kamen die Rindenschäler wieder in ihre Ecke und die große Greiferanlage wurde abgeschaltet. Als Nächstes mussten die Arbeiter die entrindeten Bäume von Hand einen nach dem anderen hochheben und solange gegen die kreischende Kreissäge pressen, bis jeder Stamm in dünne Bretter zersägt war. Bald schon taten den Kindern die Arme weh, und überall hatten sie Holzsplitter stekken, doch Graf Olaf nutzte die Tatsache, dass die Arme der Kinder so geschwächt waren, nicht aus, um die drei zu entführen. Nachdem sie einige Tage lang gesägt hatten, bekam Phil von Vorarbeiter Flacutono den Befehl, die Maschine mit dem großen Ballen darin anzuwerfen. Die Maschine wickelte jeweils ein Stück Seil um kleine Bretterstapel, und die Angestellten mussten daneben stehen und das Seil mit komplizierten Knoten verschnüren, wobei sie sehr aufpassen mussten, dass die Stapel nicht verrutschten. Bald waren die Finger der Geschwister so wund, dass sie kaum noch die Gutscheine halten konnten, die sie jeden Tag erhielten, aber Graf Olaf machte nicht einmal den Versuch, sie zu zwingen, ihm ihr Vermögen zu übergeben. Einer nach dem anderen vergingen diese trüben Tage, und obwohl die Kinder überzeugt waren, dass er ganz in der Nähe sein musste, tauchte Graf Olaf einfach nicht auf. Es war sehr verwirrend.

»Es ist sehr verwirrend«, sagte Violet eines Tages

während der Kaugummipause. »Graf Olaf lässt sich einfach nicht blicken.«

»Ich weiß«, sagte Klaus und rieb sich den rechten Daumen, der besonders wund war. »Das Haus da drüben sieht aus wie seine Tätowierung und der Buchumschlag genauso. Aber er selbst zeigt sich nicht.«

»Elund!«, sagte Sunny nachdenklich. Wahrscheinlich hieß das so etwas wie: »Stimmt, das ist wirklich erstaunlich.«

Violet schnippte mit den Fingern, verzog aber gleich vor Schmerz das Gesicht. »Da fällt mir etwas ein«, sagte sie. »Klaus, du hast gerade gesagt, Graf Olaf zeige sich nicht. Vielleicht ist Sir ja der Graf – in einer neuen Verkleidung. Wir wissen schließlich nicht, wie Sir wirklich aussieht, weil er immer diese Rauchwolke vor dem Kopf hat. Graf Olaf könnte sich einen grünen Anzug zugelegt und mit dem Rauchen angefangen haben, nur um uns in die Irre zu führen.«

»Daran habe ich auch schon gedacht«, sagte Klaus. »Aber er ist viel kleiner als Graf Olaf, und ich weiß nicht, wie man sich als jemand verkleidet, der viel kleiner ist als man selbst.«

»Tschorn!«, bemerkte Sunny und das hieß so viel wie: »Seine Stimme klingt auch ganz anders als die von Graf Olaf.«

»Stimmt«, sagte Violet und gab Sunny ein Stückchen Holz, das am Boden gelegen hatte. Weil Kleinkinder ja kein Kaugummi haben sollen, gaben Sunnys ältere Geschwister ihr in der Mittagspause immer solche Holzstückchen. Natürlich aß Sunny das Holz nicht, aber sie kaute darauf herum und bildete sich ein, es wäre eine Möhre, ein Apfel oder eine mexikanische Tortilla mit Käse-Schinken-Füllung, die sie alle drei wahnsinnig gern mochten.

»Vielleicht hat Graf Olaf uns ja einfach noch nicht gefunden«, meinte Klaus. »Jammerau liegt schließlich wirklich am Ende der Welt. Es kann sein, dass er Jahre braucht, um uns hier aufzuspüren.«

»Pelli!«, rief Sunny laut und das bedeutete in etwa: »Aber das erklärt weder das Haus, das wie ein Auge aussieht, noch den Buchumschlag!«

»Das können auch einfach Zufälle sein«, räumte Violet ein. »Wir haben inzwischen solche Angst vor Graf Olaf, dass wir uns einbilden, ihn überall zu sehen. Vielleicht taucht er überhaupt nicht mehr auf. Vielleicht sind wir hier wirklich in Sicherheit.«

»Das ist die richtige Einstellung«, sagte Phil, der die ganze Zeit neben ihnen gesessen hatte. »Man muss die Dinge immer positiv sehen. Die Sägemühle Glück & Partner mag nicht gerade der Ort eurer Träume sein, aber wenigstens ist von diesem Graf Olaf, von dem ihr immer redet, weit und breit nichts zu sehen. Kann sein, dass ihr hier den besten Teil eures Lebens verbringt.«

»Ich bewundere Ihren Optimismus«, sagte Klaus und lächelte Phil an.

»Ich auch«, sagte Violet.

»Tempa«, stimmte Sunny zu.

»Das ist die richtige Einstellung«, wiederholte Phil und stand auf, um sich die Beine zu vertreten.

Die Baudelaire-Waisen nickten, aber aus den Augenwinkeln warfen sie einander Blicke zu. Es stimmte, dass Graf Olaf nicht aufgetaucht war, jedenfalls bisher noch nicht. Aber ihre Situation war alles andere als erfreulich. Sie wurden vom Getöse aneinander geschlagener Töpfe geweckt, sie wurden von Vorarbeiter Flacutono herumgeschubst, sie bekamen nur Kaugummi zum Mittagessen – oder, in Sunnys Fall, Phantasiebilder von Tortillas – und, was das Schlimmste war, die Arbeit in der Sägemühle war so anstrengend, dass ihnen keine Kraft mehr blieb, um irgendetwas anderes zu tun. Obwohl Violet jeden Tag neben komplizierten Maschinen stand, hatte sie seit vielen Tagen nicht einmal mehr daran gedacht, irgendetwas zu erfinden. Obwohl es Klaus freistand, so oft er wollte Charles' Bibliothek aufzusuchen, so hatte er in keines der drei Bücher dort auch nur einen Blick geworfen. Und obwohl es mehr als genug harte Sachen um sie herum gab, hatte Sunny nur ganz wenige davon überhaupt einmal in den Mund genommen. Die Kinder sehnten sich danach, mit Onkel Monty Reptilien zu untersuchen. Sie sehnten sich danach, bei Tante Josephine hoch über dem Seufzersee zu leben. Am allermeisten jedoch sehnten sie sich danach, mit ihren Eltern zusammenzuleben, denn da gehörten sie schließlich hin.

»Na ja«, sagte Violet nach einer Pause, »es sind ja nur ein paar Jahre, die wir hier arbeiten müssen. Dann bin ich volljährig und wir können einen Teil des Baudelaire-Vermögens benutzen. Ich würde gern eine Erfinderwerkstatt bauen, ganz für mich allein, vielleicht an der Stelle, wo Tante Josephines Haus stand, hoch über dem Seufzersee. Dann würden wir uns immer an sie erinnern.«

»Ich würde so gern eine Bibliothek bauen«, sagte Klaus, »die allen Menschen offen stünde. Und außerdem habe ich immer gehofft, wir könnten eines Tages Onkel Montys Reptiliensammlung zurückkaufen und uns selbst um die Tiere kümmern.«

»Dolk!«, quiekte Sunny und das bedeutete: »Und ich könnte Zahnärztin werden!«

»Was soll denn *Dolk* heißen?«

Die Waisen blickten auf und sahen, dass Charles die Halle betreten hatte. Mit einem Lächeln zog er etwas aus der Tasche.

»Hallo, Charles«, sagte Violet. »Schön, Sie zu sehen. Was haben Sie denn so getrieben?«

»Hemden gebügelt für Sir«, antwortete Charles. »Er hat eine Unmenge Hemden, aber keine Zeit, sie zu bügeln. Ich wollte schon früher rüberkommen, aber das Bügeln hat so lange gedauert. Schaut mal, ich hab euch etwas getrocknetes Rindfleisch mitgebracht. Mehr zu nehmen habe ich mich nicht getraut, Sir würde sofort merken, dass etwas fehlt. Hier, bitte.«

»Herzlichen Dank«, sagte Klaus höflich. »Wir werden es mit unseren Kollegen teilen.«

»Wie du willst«, sagte Charles, »aber sie haben erst letzte Woche Gutscheine bekommen für dreißig Prozent Rabatt auf getrocknetes Rindfleisch. Ich nehme mal an, sie haben sich alle eingedeckt.«

»Möglich«, sagte Violet, aber sie wusste genau, dass die Angestellten überhaupt kein Fleisch kaufen konnten, ob mit oder ohne Rabatt. »Charles, wir wollten Sie etwas fragen. Es geht um eines der Bücher in Ihrer Bibliothek, das mit dem Auge auf dem Umschlag. Woher haben Sie –?«

Violet wurde unterbrochen durch Vorarbeiter Flacutonos Kochtöpfe, die dröhnend zusammenschlugen. »An die Arbeit!«, brüllte der Mann. »An die Arbeit! Wir müssen heute noch die Stapel fertig schnüren, da ist keine Zeit zum Quatschen.«

»Ich würde mich gern noch ein paar Minuten mit diesen Kindern unterhalten, Vorarbeiter Flacutono«, sagte Charles. »Es ist doch sicher möglich, die Mittagspause einen kleinen Moment zu überziehen.«

»Auf keinen Fall«, sagte Vorarbeiter Flacutono und ging auf die Waisen zu. »Ich habe meine Befehle von Sir, und ich bin fest entschlossen, sie auszuführen. Es sei denn, Sie gehen selbst zu Sir und sagen ihm, dass –«

»Oh nein«, beeilte sich Charles zu sagen und tat ein paar Schritte rückwärts. »Das wird nicht nötig sein.«

»Gut«, sagte der Vorarbeiter knapp, »also dann auf mit euch, Zwerge. Ende der Mittagspause.«

Seufzend standen die Kinder auf. Sie hatten es längst aufgegeben, Vorarbeiter Flacutono davon zu überzeugen, dass sie keine Zwerge waren. Sie winkten Charles zum Abschied noch einmal zu und gingen langsam auf den Bretterstapel zu. Vorarbeiter Flacutono ging hinter ihnen her, und in diesem Moment wurde einem der Kinder ein Streich gespielt, wie er dir hoffentlich noch nicht gespielt wurde. Dieser Trick sieht so aus: Man streckt seinen Fuß so aus, dass jemand anderes im Laufen darüber stolpern muss und hinfällt. Mit mir hat das mal ein Polizist gemacht, als ich gerade eine Kristallkugel in Händen hielt, die einer Wahrsagerin gehörte. Die Dame hat mir nie verziehen, dass ich hingefallen bin und ihre Kugel in tausend Stücke zersprang. Es ist ein einfacher, aber ganz gemeiner Trick, und leider muss ich dir sagen, dass es genau das war, was Vorarbeiter Flacutono in diesem Moment mit Klaus machte. Klaus fiel mitten in der Halle des Sägewerks zu Boden, die Brille flog ihm vom Kopf und landete drüben bei den Bretterstapeln.

»He!«, rief Klaus. »Sie haben mir ein Bein gestellt!« So ziemlich das Ärgerlichste an diesem Streich ist es, dass derjenige, der ihn dir spielt, meistens so tut, als wüsste er gar nicht, wovon du redest. »Ich weiß überhaupt nicht, wovon du redest«, antwortete Vorarbeiter Flacutono.

Klaus war zu ärgerlich, um weiter mit ihm zu diskutieren. Er stand auf, und Violet ging hinüber, um Klaus' Brille zu holen. Aber als sie sich bückte, um sie aufzuheben, sah sie sofort, dass etwas ganz, ganz Schlimmes passiert war.

»Putta!«, schrie Sunny und damit hatte sie Recht. Als Klaus die Brille von der Nase flog, war sie erst über den Boden geschrammt und dann ziemlich heftig gegen einen Stapel Bretter geknallt. Violet hob sie auf. Die Brille sah aus wie eine moderne Skulptur, die eine Freundin von mir vor langer Zeit einmal gemacht hat. Diese Skulptur trug den Titel: *Verbogen, zerbrochen und hoffnungslos ramponiert.*

»Klaus' Brille!«, schrie Violet. »Sie ist verbogen und zerbrochen. Sie ist hoffnungslos ramponiert und ohne sie kann er kaum etwas sehen!«

»Dein Pech«, sagte Vorarbeiter Flacutono zu Klaus und zuckte mit den Achseln.

»Nun machen Sie sich doch nicht lächerlich«, sagte Charles. »Der Junge braucht eine neue Brille, Vorarbeiter Flacutono, das sieht doch jedes Kind.«

»Ich nicht«, sagte Klaus. »Ich sehe so gut wie gar nichts.«

»Komm, gib mir deinen Arm«, sagte Charles. »Du kannst unmöglich im Sägewerk arbeiten, wenn du nicht einmal sehen kannst, was du tust. Ich werde dich sofort zum Augenarzt bringen.«

»Oh, vielen Dank«, sagte Violet erleichtert.

»Gibt es denn einen Augenarzt hier in der Nähe?«, fragte Klaus.

»Oh ja«, antwortete Charles. »Ganz in der Nähe ist die Praxis von Dr. Orwell, die das Buch geschrieben hat, das du vorhin erwähnt hast. Ihr Haus steht nicht mehr weit von hier. Es ist euch bestimmt auf dem Weg zu uns aufgefallen – es sieht aus wie ein riesiges Auge. Na, dann komm mal mit, Klaus.«

»Nein, Charles, nein, bitte nicht!«, flehte Violet. »Bitte bringen Sie ihn nicht dorthin.«

Charles legte eine Hand hinters Ohr. »Was hast du gesagt?«, rief er laut.

Die Angestellten waren wieder an die Arbeit gegangen und Phil hatte einen Schalter an der Bindemaschine umgelegt, woraufhin der Seilballen sich mit lautem Getöse in seinem Käfig zu drehen begann.

»Das Gebäude sieht aus wie das Kennzeichen von Graf Olaf!«, brüllte Klaus, doch Vorarbeiter Flacutono schlug seine Töpfe zusammen und Charles schüttelte den Kopf, um deutlich zu machen, dass er nichts verstanden hatte.

»Joriah!«, brüllte Sunny, doch Charles zuckte nur mit den Schultern und führte Klaus aus der Halle. Die beiden Baudelaire-Schwestern sahen einander an. Das laute Getöse der Maschine ging weiter, und Vorarbeiter Flacutono schlug immer noch seine Töpfe zusammen, doch es gab etwas, was noch lauter war. Lauter als die Maschine, lauter als die Töpfe war das wilde Hämmern ihrer Herzen, als Charles ihren Bruder wegbrachte.

Sechstes Kapitel

»Glaubt mir, ihr müsst euch wirklich keine Sorgen machen«, sagte Phil, als er sah, wie Violet und Sunny in ihrem Eintopf stocherten. Sie saßen beim Abendessen und Klaus war noch immer nicht von der Augenärztin zurück. Die beiden jungen Damen waren krank vor Sorge. Nach der Arbeit, als sie mit ihren Kollegen über den staubigen Hof liefen, hatten Violet und Sunny nervös zum Holztor hinübergespäht, doch zu ihrem Entsetzen war von Klaus nichts zu sehen. Als sie den Schlafsaal erreicht hatten, gingen Violet und Sunny gleich ans Fenster, um nach ihrem Bruder Ausschau zu halten, und vor lauter Nervosität merkten sie erst nach mehreren Minuten, dass das Fenster ja gar kein echtes Fenster, sondern nur mit Kugelschreiber auf die nackte Wand gemalt war. So gingen sie hinaus vor die Tür und blickten über den leeren Hof, bis Phil sie zum Essen rief. Inzwischen war es schon fast Schlafenszeit, und obwohl ihr Bruder immer noch nicht zurückgekehrt war, bestand Phil darauf, dass sie sich keine Sorgen zu machen brauchten.

»Ich glaube doch, Phil«, sagte Violet. »Ich glaube, wir müssen uns sogar große Sorgen machen. Klaus war den ganzen Nachmittag weg, und deshalb fürchten Sunny und ich, dass ihm etwas passiert sein könnte. Etwas Schreckliches.«

»Becki«, stimmte Sunny ihrer Schwester zu.

»Ich weiß, dass Ärzte auf Kinder manchmal einschüchternd wirken«, gab Phil zu. »Aber in Wirklichkeit sind sie eure Freunde und Helfer, sie tun euch nichts.«

Violet sah Phil an und begriff, dass ihre Unterhaltung zu nichts führen würde. »Sie haben Recht«, sagte sie müde, obschon sie wusste, dass er völlig im Unrecht war. Jeder, der schon einmal beim Arzt war, weiß, dass ein Arzt nicht unbedingt ein Freund ist, genauso wenig wie ein Briefträger oder ein Metzger oder der Mann, der den Kühlschrank repariert. Ärzte sind Männer oder Frauen, deren Arbeit darin besteht, dafür zu sorgen, dass es dir wieder besser geht. Das ist alles, und wenn du je eine Spritze bekommen hast, dann weißt du, dass die Behauptung, Ärzte würden einem nichts tun, einfach lächerlich ist. Violet und Sunny hatten natürlich nicht davor Angst, dass ihr Bruder eine Spritze bekommen könnte, sondern davor, dass Dr. Orwell irgendetwas mit Graf Olaf zu tun haben könnte, aber es war sinnlos, dies einem Optimisten erklären zu wollen. Also stocherten sie nur weiter in ihrem Eintopf und warteten auf ihren Bruder, bis es Zeit war, schlafen zu gehen.

»Dr. Orwell ist offenbar mit ihren Terminen im Rückstand«, meinte Phil, als Violet und Sunny zusammen im unteren Bett unter die Decke krochen. »Das Wartezimmer muss brechend voll sein.«

»Saaski«, sagte Sunny traurig, was so etwas Ähnliches hieß wie: »Hoffentlich, Phil.«

Phil lächelte den beiden Baudelaires zu und knipste das Licht im Schlafsaal aus. Die Angestellten flüsterten noch ein paar Minuten miteinander, dann wurde es still, und es dauerte nicht lange, da schnarchte alles. Nur Violet und Sunny schliefen natürlich nicht, sondern starrten mit wachsendem Unbehagen in den dunklen Saal. Sunny gab ein leises, trauriges Fiepen von sich, das wie das Quietschen einer Tür klang, und Violet nahm Sunnys Finger, die vom vielen Knotenbinden ganz wund waren, und blies sanft darauf. Den Fingern der beiden Mädchen ging es zwar langsam besser, aber das war auch schon alles. Violet und Sunny lagen nebeneinander in ihrer Koje und versuchten sich vorzustellen, wo Klaus sein mochte und was mit ihm geschah. Graf Olafs Machenschaften aber waren so übel – und das war wohl das Schlimmste an ihm –, dass es unmöglich war, sich auszumalen, was er als Nächstes aushecken mochte. Graf Olaf hatte so viel Schreckliches getan, immer mit der Absicht, das Vermögen der Baudelaires an sich zu reißen, dass Violet und Sunny den Gedanken kaum ertragen konnten, was mit ihrem Bruder geschehen mochte. Es wurde immer später, und die Schwestern stellten sich immer grässlichere Dinge vor, die Klaus womöglich gerade zustießen, während sie hilflos in ihrer Koje lagen.

»Stintamkunu«, flüsterte Sunny nach einer ganzen Weile, und Violet nickte. Sunny hatte Recht: Sie mussten losgehen und Klaus suchen.

Der Ausdruck »mucksmäuschenstill« ist eigentlich seltsam, weil gerade Mäuse oft sehr viel Lärm machen, so dass Leute, von denen es heißt, sie seien so leise wie Mäuse, in Wirklichkeit vielleicht unüberhörbar quieken und rascheln. Vielleicht sollte man stattdessen lieber sagen »muckslauschenstill«, weil Läuse nun wirklich ohne das geringste Geräusch herumkrabbeln. Läuse sind unangenehm und furchtbar lästig, aber leiser als Mäuse sind sie allemal, das muss man ihnen lassen. Violet und Sunny stiegen also leise aus ihrem Bett und huschten so lautlos durch den Saal wie die leisesten Läuse.

Es war eine Vollmondnacht und die Kinder blieben einen Moment lang stehen und betrachteten den stillen Hof. Im Mondlicht sah der Erdboden unheimlich aus, fast fremdartig, wie die Oberfläche des Mondes. Violet nahm Sunny auf den Arm und zusammen überquerten sie den Hof in Richtung auf das schwere Holztor, das hinaus auf die Straße führte. Nichts war zu hören als Violets vorsichtige Schritte. Die Waisen konnten sich nicht erinnern, je zuvor so vollkommene Stille erlebt zu haben, und so zuckten sie heftig zusammen, als plötzlich ein Knarren zu hören war. Es kam von vorn, und man hätte meinen können, da seien Mäuse, so laut war es. Violet und Sunny spähten in die Dunkelheit und wieder ertönte dieses Knarren. Das Holztor schwang auf und dann erschien ein Mensch, der langsam auf die beiden Mädchen zuging.

»Klaus!«, sagte Sunny. Der Name ihres Bruders war eines der wenigen richtigen Wörter, die sie benutzte. Zu ihrer Erleichterung erkannte Violet, dass es tatsächlich Klaus war, der auf sie zukam. Er trug eine neue Brille, die genauso aussah wie seine alte, nur dass sie so neu war, dass sie im Mondlicht glänzte. Er lächelte seine Schwestern so flüchtig und gedankenverloren an, als wären sie entfernte Bekannte.

»Klaus, wir haben uns solche Sorgen um dich gemacht!«, sagte Violet und umarmte ihren Bruder. »Du warst ja ewig weg! Was war denn los?«

»Ich weiß nicht«, sagte Klaus so leise, dass seine Schwestern sich vorbeugen mussten, um ihn zu verstehen. »Ich kann mich an nichts erinnern.«

»Hast du Graf Olaf gesehen?«, fragte Violet. »Arbeitet Dr. Orwell mit ihm zusammen? Haben sie dir irgendetwas getan?«

»Ich weiß es nicht«, sagte Klaus und schüttelte den Kopf. »Ich weiß nur, dass meine Brille kaputtgegangen ist und dass Charles mich in dieses augenförmige Haus gebracht hat. Mehr weiß ich nicht. Ich kann mich kaum erinnern, wo ich hier eigentlich bin.«

»*Klaus*«, sagte Violet mit fester Stimme. »Du bist in der Sägemühle Glück & Partner in Jammerau. Das wirst du doch wohl noch wissen.«

Klaus gab keine Antwort. Er starrte seine Schwestern nur mit weit aufgerissenen Augen an, so als seien sie ein interessantes Aquarium oder ein Festumzug.

»Klaus?«, wiederholte Violet. »Ich sagte, *du bist in der Sägemühle Glück & Partner.*«

Klaus gab noch immer keine Antwort.

»Er muss sehr müde sein«, sagte Violet zu Sunny.

»Libu«, meinte Sunny. Sie klang wenig überzeugt.

»Du gehst jetzt besser schlafen, Klaus«, sagte Violet. »Komm mit mir.«

Endlich machte Klaus den Mund auf. »Jawohl, mein Herr.«

»Herr?«, wiederholte Violet. »Ich bin kein Herr – ich bin deine Schwester!«

Aber Klaus war schon wieder verstummt und Violet gab es auf. Mit Sunny auf dem Arm ging sie zum

Schlafsaal zurück und Klaus schlurfte hinter ihnen her. Das Mondlicht fiel auf seine neue Brille, seine Schuhe wirbelten Staub auf, aber Klaus sprach kein einziges Wort. Mucksläuschenstill betraten die Baudelaires den Schlafsaal und schlichen auf Zehenspitzen zu ihren Kojen. Vor dem Bett blieb Klaus einfach stehen und starrte seine Schwestern an, so als hätte er vergessen, wie man zu Bett geht.

»Leg dich hin, Klaus«, sagte Violet sanft.

»Jawohl, mein Herr«, antwortete Klaus. Er legte sich auf das untere Bett und starrte seine Schwestern weiter an. Violet setzte sich auf den Bettrand und zog Klaus die Schuhe aus, weil er das vergessen hatte, aber er schien es nicht einmal zu bemerken.

»Morgen früh reden wir weiter«, flüsterte Violet. »Jetzt versuch erst mal, ein bisschen zu schlafen, Klaus.«

»Jawohl, mein Herr«, sagte Klaus und schloss die Augen. Im nächsten Augenblick schlief er schon tief und fest. Violet und Sunny betrachteten ihn und sahen, dass sein Mund leicht zitterte. Das war immer so gewesen bei Klaus, schon als er ein winziges Baby war. Natürlich war es eine Erleichterung, Klaus wiederzuhaben, aber die beiden Schwestern Baudelaire fühlten sich nicht im Geringsten erleichtert. Noch nie hatte ihr Bruder sich so seltsam benommen. Den Rest der Nacht schmiegten sich Violet und Sunny im oberen Bett dicht aneinander. Sie spähten hinunter und sahen den schlafenden Klaus an. Aber wie sehr sie ihn auch anschauten, es kam ihnen doch so vor, als sei ihr Bruder gar nicht zu ihnen zurückgekehrt.

Siebtes Kapitel

Wenn du mal irgendetwas wirklich Schreckliches erlebt hast, dann hat dir bestimmt auch jemand gesagt, am nächsten Morgen würde es dir ganz sicher besser gehen. Natürlich ist das kompletter Blödsinn, denn ein schreckliches Erlebnis ist und bleibt ein schreckliches Erlebnis, selbst wenn darauf ein ganz wundervoller Morgen folgt. Stell dir vor, du bekommst zum Geburtstag nichts weiter geschenkt als eine Creme gegen Warzen, und dann sagt dir jemand, du sollst erst mal schön schlafen und bis zum Morgen warten. Am nächsten Morgen aber liegt die Warzenentfernungscreme immer noch neben der unberührten Geburtstagstorte und du fühlst dich ganz genauso elend wie am Tag zuvor. Mein Chauffeur hat mir einmal gesagt, am nächsten Morgen würde es mir besser gehen, aber als ich erwachte, befanden wir zwei uns immer noch auf einer winzigen, von menschenfressenden Krokodilen umzingelten Insel. Du verstehst sicher, dass ich mich an dem Morgen keinen Deut besser fühlte.

So ging es auch Violet und Sunny. Kaum knallte

Vorarbeiter Flacutono seine Töpfe aneinander, da schlug Klaus die Augen auf und fragte, wo um alles in der Welt er eigentlich sei. Seine Schwestern fühlten sich also kein bisschen besser.

»Was ist denn bloß mit dir, Klaus?«, fragte Violet.

Klaus sah Violet forschend an, so als hätte er sie vor vielen Jahren schon einmal irgendwo kennen gelernt, ihren Namen aber vergessen. »Ich weiß es nicht«, sagte er. »Ich hab Mühe, mich an Dinge zu erinnern. Was war denn gestern?«

»Das würden wir gern von dir wissen, Klaus«, sagte Violet, wurde aber von ihrem rüden Vorgesetzten unterbrochen.

»Raus mit euch, ihr faulen Zwerge!«, brüllte Vorarbeiter Flacutono. Er schlug die Töpfe gegeneinander und kam auf das Bett der Baudelaires zu. »Hier in der Sägemühle Glück & Partner haben wir keine Zeit zum Trödeln. Raus aus dem Bett und an die Arbeit, wird's bald!«

Klaus riss die Augen weit auf und setzte sich in seinem Bett auf. Im nächsten Moment, ohne ein einziges Wort zu seinen Schwestern zu sagen, schritt er auf die Tür des Schlafsaals zu.

»So ist's recht!«, sagte Vorarbeiter Flacutono und knallte wieder seine Töpfe aneinander. »Los jetzt, alle Mann! Ab ins Sägewerk!«

Violet und Sunny warfen einander einen Blick zu,

dann beeilten sie sich, ihrem Bruder und den übrigen Arbeitern zu folgen. Doch Violet kam nur einen Schritt weit, dann zwang etwas sie stehen zu bleiben. Vor ihrer Koje standen noch die Schuhe, die sie selbst ihrem Bruder am Abend zuvor ausgezogen hatte. Klaus war ohne Schuhe hinausgegangen!

»Seine Schuhe!«, rief Violet und hob sie auf. »Klaus, du hast deine Schuhe vergessen!« Sie rannte hinter ihm her, doch Klaus drehte sich nicht einmal um. Als Violet an der Tür ankam, lief ihr Bruder bereits barfuß über den Hof.

»Grammel?«, rief Sunny ihm noch nach, aber sie erhielt keine Antwort.

»Kommt, Kinder«, sagte Phil, »macht schnell, wir müssen ins Sägewerk.«

»Phil, mit meinem Bruder stimmt irgendetwas nicht«, sagte Violet, während sie zusah, wie Klaus die Tür zum Sägewerk öffnete und vor allen anderen hindurchging. »Er spricht kaum mit uns, er scheint sich an nichts zu erinnern, und sehen Sie mal hier: Heute Morgen ist er ohne Schuhe losgegangen!«

»Du musst lernen, alles von seiner guten Seite zu sehen«, sagte Phil. »Heute werden wir wohl mit dem Binden der Stapel fertig und dann kommt das Stempeln. Von allen Arbeiten in der Holzverarbeitung ist Stempeln die leichteste.«

»Was kümmert mich die Holzverarbeitung!«, schrie Violet. »Mit Klaus stimmt was nicht!«

»Mach jetzt keinen Ärger, Violet«, ermahnte Phil sie und ging zur Halle hinüber. Violet und Sunny sahen einander ratlos an. Es blieb ihnen nichts anderes übrig, als hinter Phil her über den Hof ins Sägewerk zu gehen. Drinnen dröhnte schon die Bindemaschine, und die Angestellten machten sich daran, die verbliebenen Bretterstapel zu verschnüren. Violet und Sunny machten schnell, um einen Platz neben Klaus zu finden, und dann standen sie ein paar Stunden lang da, banden Knoten und versuchten mit ihrem Bruder zu sprechen. Aber bei dem Lärm der Maschine und dem Schmettern von Vorarbeiter Flacutonos Töpfen war es schwer, etwas zu ihm zu sagen, und Klaus gab ohnehin keine Antwort. Schließlich war auch der letzte Stapel Bretter verschnürt, Phil schaltete die Bindemaschine ab, und alle erhielten ihr Kaugummi. Violet und Sunny packten Klaus an den Armen und zogen ihren barfüßigen Bruder in eine Ecke der Halle, um mit ihm zu reden.

»Klaus, bitte sag was, Klaus!«, drängte ihn Violet. »Du machst uns Angst. Du musst uns sagen, was Dr. Orwell gemacht hat, sonst können wir dir nicht helfen.«

Klaus starrte seine Schwester nur aus weit aufgerissenen Augen an.

»Eschan!«, rief Sunny mit hoher Stimme.
Klaus sagte kein Wort. Er schob sich nicht einmal sein Kaugummi in den Mund. Verwirrt und ängstlich setzten sich Violet und Sunny neben ihren Bruder und legten die Arme um ihn, als befürchteten sie, er könne im nächsten Moment einfach davonschweben. So saßen sie da, ein Häufchen Baudelaires, bis Vorarbeiter Flacutono mit seinen scheppernden Töpfen das Signal dafür gab, dass die Pause zu Ende war.
»Jetzt wird gestempelt!«, sagte Vorarbeiter Flacutono und strich sich eine Locke seiner weißen Perücke aus der Stirn. »Alles anstellen zum Stempeln. Und du«, sagte er und zeigte auf Klaus, »du Zwerg hast das Glück, heute die Maschine zu bedienen. Komm her, damit ich dir die Anweisungen geben kann.«
»Jawohl, mein Herr«, sagte Klaus ganz ruhig, und seine Schwestern schnappten überrascht nach Luft. Es war das erste Mal, seit sie den Schlafsaal verlassen hatten, dass er sprach. Ohne ein weiteres Wort befreite er sich aus den Armen seiner Schwestern, stand auf und schritt unter den erstaunten Blicken der Mädchen auf Vorarbeiter Flacutono zu.
Violet legte ihrer kleinen Schwester die Hand auf den Kopf und entfernte ein Stückchen Seil, das sich in Sunnys Haaren verfangen hatte. Es war eine Geste, die sie ganz häufig bei ihrer Mutter gesehen

hatte. Wie schon so oft erinnerte sich die älteste der Baudelaires an das Versprechen, das sie ihren Eltern gegeben hatte, als Sunny zur Welt kam. »Du bist das älteste unserer Kinder«, hatten die Eltern gesagt, »und als die Älteste wirst du immer für deine jüngeren Geschwister verantwortlich sein. Versprich uns, dass du immer auf sie aufpassen wirst und dafür sorgst, dass sie nicht in Schwierigkeiten geraten.« Violet wusste natürlich, dass ihre Eltern damals nicht ahnen konnten, dass ihre Kinder einmal in so kolossale – das heißt ungeheuer große – Schwierigkeiten geraten würden, aber trotzdem schien es ihr, dass sie ihre Eltern enttäuscht hatte. Klaus war ganz eindeutig in Schwierigkeiten, und Violet konnte das Gefühl nicht abschütteln, dass es ihre Aufgabe war, ihn da herauszuholen.

Vorarbeiter Flacutono flüsterte Klaus etwas zu, der daraufhin mit langsamen Schritten auf die Maschine mit den vielen schornsteinähnlichen Röhrchen zuging und auf verschiedene Knöpfe drückte. Vorarbeiter Flacutono nickte Klaus zu und knallte wieder seine Töpfe zusammen. »Das Stempeln kann losgehen!«, rief er mit seiner schrecklich tonlosen Stimme.

Die Baudelaires konnten sich nicht viel darunter vorstellen, aber bald stellte sich heraus, dass es so ähnlich war, wie wenn ein Buch in einer Leihbibliothek gestempelt wird. Die Arbeiter hoben eine Lage Bretter hoch und legten sie auf eine Spezialunterlage. Dann senkte sich der große, flache Stein an einem Arm der Maschine auf die Bretter, es tat einen heftigen Schlag, und nun war auf dem obersten Brett ein roter Aufdruck zu sehen: Sägemühle Glück & Partner. Nun mussten die Arbeiter auf die Stempelfarbe pusten, damit sie schnell trocknete. Violet und Sunny schoss die Frage durch den Kopf, ob die Leute, die dieses Holz zum Bauen nehmen würden, denn nichts dagegen hätten, dass der Name der Sägemühle auf ihren Hauswänden stand. Aber viel wichtiger war die Frage, woher Klaus wusste, wie die Stempelmaschine zu bedienen war und wieso Vorarbeiter Flacutono ausgerechnet ihn damit beauftragt hatte und nicht Phil oder einen der anderen Angestellten.

»Seht ihr«, sagte Phil über einen Bretterstapel hinweg zu den Baudelaire-Schwestern, »mit Klaus ist alles in Ordnung. Er bedient die Maschine tadellos. Jetzt habt ihr euch die ganze Zeit Sorgen gemacht wegen nichts.«

Wum! Wieder knallte der Stempel auf ein Brett.

»Kann sein«, sagte Violet ohne große Überzeugung und blies auf das M in »Sägemühle«.

»Und – hatte ich nicht Recht? Das Stempeln ist die leichteste Arbeit, die es in der Holzverarbeitung gibt«, sagte Phil. Wum! »Nur dass die Lippen schnell rau werden vom vielen Pusten, aber das ist auch alles.«

»Wiro«, sagte Sunny, was ungefähr so viel hieß wie: »Stimmt, aber trotzdem mache ich mir Sorgen um Klaus.«

»So ist es«, antwortete Phil, der Sunny falsch verstanden hatte. »Ich sage es ja, man muss immer versuchen, an allem das Gute –«

Wum – krach – aaah!

Phil fiel mitten im Satz um. Mit einem Mal war er schneeweiß im Gesicht und Schweißtropfen standen ihm auf der Stirn. Von all den grässlichen Geräuschen, die man in der Sägemühle Glück & Partner zu hören bekam, war dieses mit Abstand das grässlichste gewesen. Das Donnern der Stempelmaschine war unterbrochen worden von einem ohrenbetäubenden Krachen und einem markerschütternden Schrei. Mit der Stempelmaschine war etwas ganz furchtbar schief gegangen, der große flache Stein war nicht an der Stelle niedergegangen, wo er es sollte, nämlich auf dem Bretterstapel. Zum größten Teil war er auf der Bindemaschine gelandet, die nun hoffnungslos ramponiert war. Zu einem kleineren Teil jedoch war er auf Phils Bein gelandet.

Vorarbeiter Flacutono ließ seine Töpfe fallen, rannte hinüber zu den Schaltern, mit denen die Stempelmaschine bedient wurde, und stieß den benommen dreinblickenden Klaus beiseite. Er legte einen Schalter um und der schwere Stein hob sich wieder. Alles drängte sich dicht an dicht, um den entstandenen Schaden zu betrachten. Der Käfig der Bindemaschine war regelrecht geköpft worden, fast wie ein Ei, und das ganze Seil lag komplett verheddert am Boden. Aber erst der arme Phil! Der Anblick seines Beins war so grotesk und bizarr (womit ich sagen will: verdreht, verdreckt, verbogen und blutverschmiert), dass mir einfach die Worte dafür fehlen! Violet und Sunny wurde ganz übel, als sie kurz hinsahen, doch Phil blickte mit einem schwachen Lächeln zu ihnen hoch.

»Na ja«, sagte er, »es hätte schlimmer kommen können. Mein linkes Bein ist zwar gebrochen, aber ich bin ja Rechtsbeiner. Da hab ich doch Glück gehabt.«

»Puuh!«, machte einer der anderen Angestellten. »Ich hätte eher gedacht, er würde so etwas sagen wie: ›Aaaauuh! Mein Bein! Mein Bein!‹«

»Wenn mir jemand helfen könnte, auf die Beine – ich meine, aufs Bein zu kommen«, sagte Phil, »ich bin sicher, dass ich dann weiterarbeiten kann.«

»Seien Sie nicht albern«, sagte Violet. »Sie müssen ins Krankenhaus.«

»Das stimmt, Phil«, sagte einer der anderen. »Wir haben doch noch diese Gutscheine vom letzten Monat, auf die wir in der Ahab-Gedächtnis-Klinik fünfzig Prozent Rabatt auf Gipsverbände kriegen. Zwei von uns legen zusammen, und dann kannst du dein Bein wieder reparieren lassen. Ich ruf gleich den Krankenwagen.«

Phil lächelte. »Das ist sehr nett von euch.«

»Eine Katastrophe!«, brüllte Vorarbeiter Flacutono. »Der schlimmste Unfall in der Geschichte der Sägemühle!«

»Nicht doch, nicht doch«, meinte Phil. »Kein Problem. Ich hab mein linkes Bein sowieso nie sonderlich leiden können.«

»Ich meine doch nicht dein Bein, du überdimensionierter Zwerg!«, sagte Vorarbeiter Flacutono ungeduldig. »Unsere Bindemaschine! Diese Kosten! Einfach exzessiv!«

»Was heißt denn ›exzessiv‹?«, fragte jemand.

»Es gibt mehrere Bedeutungen dieses Wortes«, sagte Klaus mit einem Mal und blinzelte. »Es kann ›extrem‹ heißen. Es kann ›maßlos‹ heißen. Es kann auch ›gewaltig‹ bedeuten. Vorarbeiter Flacutono wollte sagen, dass die Bindemaschine sehr viel Geld gekostet hat.«

Die beiden Schwestern Baudelaire sahen einander an und hätten vor Erleichterung fast laut gelacht. »Klaus!«, rief Violet. »Du kannst ja wieder definieren!«

Klaus sah seine Schwestern mit einem halb verschlafenen Lächeln an. »Scheint so«, sagte er.
»Nojemuu!«, quiekte Sunny und das hieß so viel wie: »Anscheinend bist du wieder normal.« Sie hatte Recht. Klaus zwinkerte noch einmal heftig, und dann sah er, was er angerichtet hatte.
»Was ist denn hier passiert?«, fragte er stirnrunzelnd. »Phil, was ist mit Ihrem Bein?«
»Alles in Ordnung«, sagte Phil und stöhnte vor Schmerz auf, als er versuchte sich zu bewegen. »Es tut nur ein bisschen weh.«
»Soll das heißen, Klaus, du erinnerst dich nicht an das, was passiert ist?«, fragte Violet.
»Was wann passiert ist?«, fragte Klaus zurück, mit immer noch gerunzelter Stirn. »He, sieh mal! Ich hab ja gar keine Schuhe an!«
»Also, ich für meinen Teil erinnere mich ausgesprochen gut daran, was passiert ist!«, brüllte Vorarbeiter Flacutono und zeigte mit dem Finger auf Klaus. »Du hast unsere Maschine kaputtgemacht! Ich werde es Sir sofort melden! Deinetwegen können wir jetzt nicht mehr stempeln! Heute bekommt keiner auch nur einen einzigen Gutschein!«
»Das ist nicht fair!«, sagte Violet. »Es war ein Unfall! Sie hätten Klaus erst gar nicht an diese Maschine stellen dürfen! Er wusste ja überhaupt nicht, wie man sie bedient!«

»Dann sollte er es besser lernen«, sagte Vorarbeiter Flacutono. »Klaus, heb meine Töpfe auf!«
Klaus ging hin, um die Töpfe aufzuheben, doch weit kam er nicht, denn Vorarbeiter Flacutono spielte ihm denselben Streich wie am Tag zuvor, und ich muss dir leider sagen: Es klappte wieder. Klaus fiel wieder hin, die Brille flog ihm wieder vom Kopf und schrammte erst über den Boden, bevor sie schließlich ziemlich heftig gegen einen Stapel Bretter knallte. Aber was am schlimmsten war: Die Brille war wieder verbogen, zerbrochen und hoffnungslos ramponiert, so wie die Skulptur meiner Freundin Tatjana.
»Meine Brille!«, schrie Klaus. »Meine Brille ist schon wieder kaputt!«
Violet hatte auf einmal ein ganz merkwürdig zittriges Gefühl im Magen, so als hätte sie zum Mittagessen nicht Kaugummi, sondern Schlangen gegessen. »Bist du sicher?«, fragte sie Klaus. »Bist du ganz sicher, dass du sie nicht mehr tragen kannst?«
»Ganz sicher«, antwortete Klaus jämmerlich und hielt die Brille hoch, damit Violet sie sehen konnte.
»Tz, tz, tz«, machte Vorarbeiter Flacutono, »du passt aber auch überhaupt nicht auf. Es sieht ganz so aus, als müsstest du noch einmal zu Dr. Orwell.«
»Wir wollen sie lieber nicht schon wieder belästigen«, sagte Violet schnell. »Wenn Sie mir etwas Ma-

terial und ein paar Werkzeuge geben, dann kann ich Klaus sicher selbst eine neue Brille machen.«

»Nein, nein«, sagte der Vorarbeiter und seine Arztmaske schob sich wie zu einer Grimasse zusammen. »Die Optometrie sollte man den Experten überlassen. Sagt eurem Bruder nun Auf Wiedersehen.«

»Oh nein!«, sagte Violet verzweifelt. Wieder dachte sie an das Versprechen, das sie ihren Eltern gegeben hatte. »Wir bringen ihn selbst hin! Sunny und ich werden ihn zu Dr. Orwell begleiten.«

»Derrix!«, quiekte Sunny und damit wollte sie ganz eindeutig sagen: »Wenn wir es nicht verhindern können, dass er zu Dr. Orwell geht, dann gehen wir wenigstens mit!«

»Na gut«, meinte Vorarbeiter Flacutono und seine kleinen Knopfaugen wurden noch dunkler als sonst. »Gar keine schlechte Idee. Warum solltet ihr nicht alle drei zu Dr. Orwell gehen?«

Achtes Kapitel

Die Baudelaire-Waisen standen vor dem großen Tor der Sägemühle Glück & Partner und blickten dem Krankenwagen nach, der Phil in schneller Fahrt ins Krankenhaus brachte. Dann blickten sie auf die Buchstaben aus zerkautem Kaugummi, die das Namensschild der Sägemühle bildeten. Schließlich blickten sie auf den aufgesprungenen Asphalt der einzigen Straße von Jammerau. Kurz, sie blickten überall hin, nur nicht dorthin, wo das augenförmige Gebäude stand.

»Wir müssen ja nicht hingehen«, sagte Violet. »Wir könnten auch weglaufen. Wir könnten uns verstecken, bis der nächste Zug kommt, und dann so weit wie möglich fahren. Wir wissen jetzt, wie man in einer Sägemühle arbeitet, also finden wir bestimmt auch in einer anderen Stadt Arbeit.«

»Aber wenn er uns findet?«, fragte Klaus und kniff heftig die Augen zusammen. »Wer soll uns vor Graf Olaf beschützen, wenn wir ganz allein sind?«

»Wir könnten auf uns selbst aufpassen«, antwortete Violet.

»Und wie sollen wir auf uns selbst aufpassen, wenn eine von uns noch ein Baby ist und einer kaum was sieht?«
»Wir haben auch früher schon auf uns selbst aufgepasst«, sagte Violet.
»Aber auch nur mit Müh und Not«, antwortete Klaus. »Mit Müh und Not sind wir Graf Olaf jedes Mal entwischt. Wir können nicht weglaufen und versuchen, allein klarzukommen, jedenfalls nicht ohne meine Brille. Wir müssen zu Dr. Orwell gehen und das Beste hoffen.«
Sunny stieß einen kleinen Schreckensschrei aus. Violet war natürlich schon zu groß, um zu schreien, außer in einer Notsituation, aber sie war nicht zu groß, um einen Schrecken zu kriegen. »Wir wissen doch gar nicht, was uns da drin passieren kann«, sagte sie und schaute auf die schwarze Tür in der Pupille des Auges. »Denk doch mal nach, Klaus. Versuch es wenigstens. Was geschah, als du gestern da hineingegangen bist?«
»Ich weiß es nicht«, sagte Klaus jämmerlich. »Ich erinnere mich, dass ich versucht habe, Charles zu überreden, mich nicht zum Augenarzt zu bringen, aber er hat immer nur gesagt, dass Ärzte meine Freunde und Helfer seien und dass ich keine Angst haben sollte.«
»Ha!«, schrie Sunny und das hieß: »Ha!«

»Und woran erinnerst du dich noch?«, wollte Violet wissen.
Klaus schloss die Augen, um besser nachdenken zu können. »Ich wünschte, ich könnte es dir sagen. Aber es ist, als wäre ein Teil meines Gehirns einfach leer gefegt. Es ist, als hätte ich geschlafen von dem Moment an, als ich dieses Haus da betrat, bis heute Morgen in der Sägemühle.«
»Aber du hast nicht geschlafen«, sagte Violet. »Du bist herumgeschlichen wie ein Zombie. Und dann hast du den Unfall verursacht und dem armen Phil das Bein gebrochen.«
»Aber von all dem weiß ich nichts«, sagte Klaus. »Es ist, als wäre ich ...« Seine Stimme wurde immer schwächer und er starrte eine Weile vor sich hin.
»Klaus?«, fragte Violet besorgt.
»Es ist, als wäre ich hypnotisiert worden«, beendete Klaus seinen Satz. Er sah erst Violet an, dann Sunny, und die beiden Mädchen merkten, dass er etwas zu begreifen versuchte. »Natürlich! Hypnose! Das würde alles erklären.«
»Ich dachte, Hypnose kommt nur in Gruselfilmen vor«, meinte Violet.
»Oh nein«, antwortete Klaus. »Erst letztes Jahr habe ich die *Encyclopaedia Hypnotica* gelesen. Darin sind alle berühmten Fälle von Hypnose, die es je gegeben hat, beschrieben. Im alten Ägypten gab es mal

einen Pharao, der hypnotisiert wurde. Der Hypnotiseur musste nur ›Ramses!‹ rufen, und schon machte der Pharao Hühner nach, sogar vor dem versammelten Hofstaat.«

»Sehr interessant«, sagte Violet, »aber –«

»Ein chinesischer Kaufmann, der während der Ling-Dynastie lebte, wurde ebenfalls hypnotisiert. Der Hypnotiseur musste nur ›Mao!‹ rufen, und schon spielte der Kaufmann Geige, obwohl er nie zuvor eine gesehen hatte.«

»Wirklich ganz erstaunlich, deine Geschichten«, sagte Violet, »aber –«

»In England lebte um 1920 herum ein Mann, der sich hypnotisieren ließ. Der Hypnotiseur musste nur ›Bloomsbury‹ rufen, und plötzlich war der Mann ein brillanter Schriftsteller, dabei konnte er nicht einmal lesen.«

»Grimm!«, rief Sunny, was vermutlich hieß: »Wir haben jetzt wirklich keine Zeit, uns all diese Geschichten anzuhören, Klaus!«

Klaus grinste. »Tut mir Leid«, sagte er, »aber das Buch war wirklich spannend. Was für ein Glück für uns, dass ich es gelesen habe!«

»Und was stand in dem Buch darüber, was man dagegen machen kann, dass man hypnotisiert wird?«, wollte Violet wissen.

Klaus' Grinsen verschwand. »Nichts«, antwortete er.

»Nichts?«, wiederholte Violet. »Eine ganze Enzyklopädie über Hypnose, und darüber stand kein Wort drin?«
»Wenn was drin stand, dann habe ich's überlesen. Ich fand die Teile über die berühmten Hypnosefälle eben am spannendsten, deswegen hab ich die gelesen und die langweiligeren Sachen übersprungen.«
Zum ersten Mal, seit die Kinder durch das Tor der Sägemühle gekommen waren, schauten sie das Augenhaus an, und das Augenhaus schaute zurück. Klaus sah natürlich nichts als einen weißen Schleier vor seinen Augen, aber seine Schwestern sahen ganz klar Probleme auf sich zukommen. Die runde Tür, die auch noch schwarz gemalt war, damit sie an eine Pupille erinnerte, schien wie ein abgrundtiefes Loch, und den Kindern kam es so vor, als würden sie gleich hineinfallen.
»Nie mehr werde ich die langweiligen Teile eines Buches überspringen«, sagte Klaus und ging mit vorsichtigen Schritten auf das Gebäude zu.
»Du willst doch nicht etwa hineingehen?«, fragte Violet perplex, was so viel heißt wie »in einem Tonfall, der zeigte, dass sie Klaus für verrückt hielt«.
»Was bleibt uns anderes übrig?«, fragte Klaus leise zurück und fing an, sich mit den Händen an der Hauswand entlangzutasten, um die Tür zu finden.

An dieser Stelle würde ich die Geschichte von den Baudelaire-Waisen gern kurz unterbrechen, um eine Frage zu stellen, die du dir bestimmt auch gerade stellst. Es ist eine wichtige Frage, eine, die sich viele, viele Menschen an vielen, vielen Orten in der ganzen Welt viele, viele Male gestellt haben. Die Baudelaires haben sie sich gestellt. Mr. Poe hat sie sich gestellt. Ich habe sie mir gestellt und auch meine geliebte Beatrice hat sie sich vor ihrem allzu frühen Tod gestellt. Die Frage lautet: *Wo ist Graf Olaf?*

Wenn du die Geschichte der drei Waisen von Anfang an mitverfolgt hast, dann weißt du auch, dass Graf Olaf ständig hinter diesen armen Kindern her ist und die übelsten Tricks ausheckt, um ihr Vermögen an sich zu reißen. Sobald die Kinder an einem neuen Ort angelangt sind, dauert es normalerweise nur wenige Tage, bis Graf Olaf und seine ruchlosen Komplizen auftauchen (ruchlose Komplizen sind hier so etwas wie Leute mit einem furchtbaren Hass auf Baudelaires), in der Gegend herumlungern und ihre scheußlichen Schurkenstücke ausführen. Doch dieses Mal hat Graf Olaf sich noch nicht blicken lassen. Während also die drei Kinder widerstrebend auf die Praxis von Dr. Orwell zugehen, stellst du dir selbstverständlich die Frage, wo um alles in der Welt dieser abscheuliche Unhold stecken mag: Die Antwort lautet: *Ganz in der Nähe.*

Violet und Sunny gingen zu dem augenförmigen Haus hinüber und halfen ihrem Bruder die Stufen hoch bis zur Tür, doch noch ehe sie sie öffnen konnten, schwang die Pupille weit auf. In der Tür stand jemand in einem langen weißen Kittel. Auf dem Namensschild stand *Dr. Orwell.* Dr. Orwell war eine hoch gewachsene Frau mit blondem, straff nach hinten gekämmtem Haar, das im Nacken zu einem strammen Dutt gebunden war. Sie trug hohe schwarze Stiefel und hielt einen langen schwarzen Stock in der Hand, der am oberen Ende mit einem funkelnden roten Edelstein geschmückt war.

»Na so was – hallo, Klaus!«, sagte Dr. Orwell und nickte den Baudelaires höflich zu. »Ich hatte nicht erwartet, dich so bald wiederzusehen. Sag nicht, du hast deine Brille schon wieder kaputtgemacht.«

»Doch, leider«, sagte Klaus.

»Das ist aber dumm«, sagte Dr. Orwell. »Aber du hast Glück. Heute haben wir nur wenige Patienten, da können wir die nötigen Untersuchungen gleich machen. Komm herein.«

Die Baudelaire-Waisen sahen einander unsicher an. Das hatten sie nun wirklich nicht erwartet. Sie hatten erwartet, dass Dr. Orwell sich als eine finstere Gestalt herausstellen würde – zum Beispiel als Graf Olaf in einer Verkleidung oder einer seiner schrecklichen Kumpane. Sie hatten erwartet, dass man sie ins Innere des augenförmigen Gebäudes zerren und vielleicht niemals mehr hinauslassen würde. Stattdessen entpuppte sich Dr. Orwell als eine freundliche Dame, die durchaus wie eine Augenärztin aussah und sie höflich hereinbat.

»Kommt herein«, sagte sie und wies ihnen mit ihrem schwarzen Stock den Weg. »Shirley, meine Sprechstundenhilfe, hat gerade ein paar Kekse gebacken. Die könnt ihr beiden im Wartezimmer essen, während ich für Klaus eine Brille anfertige. Heute wird es auch viel schneller gehen als gestern.«

»Wird Klaus hypnotisiert werden?«, fragte Violet.

»Hypnotisiert?«, wiederholte Dr. Orwell lächelnd. »Lieber Himmel, nein. Hypnose gibt es nur in Gruselfilmen.«

Die Kinder wussten natürlich, dass das nicht stimmte, aber wenn Dr. Orwell davon überzeugt war, dann war sie vermutlich auch keine Hypnotiseurin. Vorsichtig betraten die Kinder das Augenhaus und folgten Dr. Orwell durch einen Gang, in dem lauter medizinische Diplome an den Wänden hingen.

»Hier geht's zum Sprechzimmer«, sagte Dr. Orwell. »Klaus hat mir erzählt, dass er viel liest. Und ihr zwei – lest ihr auch so gern?«

»Oh ja«, sagte Violet. Langsam entspannte sie sich. »Wir lesen, wann immer wir können.«

»Seid ihr«, fragte Dr. Orwell, »bei eurer Lektüre jemals auf den Ausdruck gestoßen: Mit Speck fängt man Mäuse?«

»Tusmo«, antwortete Sunny, was ungefähr bedeutete: »Ich glaube nicht.«

»Über Mäuse habe ich noch nicht so viel gelesen«, gab Violet zu.

»Nun, der Ausdruck hat eigentlich auch weniger mit Mäusen zu tun«, erklärte Dr. Orwell. »Es ist nur so eine Redensart, die besagt, dass man das, was man will, leichter auf die nette Tour bekommt.«

»Interessant«, sagte Klaus. Er fragte sich, worauf Dr. Orwell wohl hinauswollte.

»Ihr fragt euch wohl, worauf ich hinauswill«, sagte Dr. Orwell und blieb vor einem Raum mit der Aufschrift *Wartezimmer* stehen. »Gleich werdet ihr es sicher verstehen. So, Klaus, würdest du bitte mit mir ins Sprechzimmer kommen. Deine Schwestern können solange ins Wartezimmer gehen. Hier geht es rein.«

Die Kinder zögerten.

»Es geht ganz schnell«, sagte Dr. Orwell und tätschelte Sunny den Kopf.

»Na gut«, sagte Violet und winkte ihrem Bruder noch schnell zu, als er der Augenärztin den Gang hinunter folgte. Violet und Sunny öffneten die Tür und betraten das Wartezimmer. Im nächsten Augenblick wussten sie, dass Dr. Orwell Recht gehabt hatte. Im Bruchteil einer Sekunde war ihnen alles klar. Das Wartezimmer war klein und sah aus, wie Wartezimmer meist aussehen. Es gab ein Sofa, ein paar Stühle, einen kleinen Tisch, auf dem sich Zeitschriften stapelten, und einen Schreibtisch, an dem eine Sprechstundenhilfe saß. Es sah also genauso aus wie Wartezimmer, in denen du und ich auch schon gewesen sind. Aber als Violet und Sunny die Sprechstundenhilfe ansahen, da sahen sie etwas, was du hoffentlich noch nie in einem Wartezimmer gesehen hast. Auf einem Namensschild auf dem Tisch stand *Shirley*, aber wer da saß, das war niemals Shirley, auch wenn die Sprechstundenhilfe ein hellbraunes Kleid und ganz gewöhnliche beige Schuhe anhatte. Denn zwischen dem matten Lippenstift auf Shirleys Mund und der blonden Perücke auf Shirleys Kopf entdeckten die Kinder ein paar teuflisch funkelnde Augen, die sie beide sofort erkannten. Dr. Orwell, die so höflich schien, war der Speck gewesen. Die Kinder waren – leider – die Mäuse. Und Graf Olaf, der mit einem gemeinen Grinsen vor ihnen am Schreibtisch saß, hatte sie schließlich doch noch gefangen.

Neuntes Kapitel

Wenn Kinder in Schwierigkeiten geraten, dann sagen die Leute oft, daran sei nur ihr unterentwickeltes Selbstwertgefühl schuld. Das soll heißen, diese Kinder hätten keine hohe Meinung von sich selbst. Vielleicht finden sie sich hässlich oder langweilig oder unfähig, irgendetwas richtig zu machen, vielleicht auch alles auf einmal, und ob sie nun Recht haben oder nicht – man kann sich schon vorstellen, dass jemand auf diese Weise Schwierigkeiten bekommt. In den allermeisten Fällen jedoch spielt das Selbstwertgefühl gar keine Rolle. Was ein Kind von sich selbst hält, bereitet viel seltener Probleme als irgendwelche ganz konkreten Auslöser: ein Monster, ein Busfahrer, eine Bananenschale, Killerbienen oder auch der Schulleiter.

So war es jedenfalls, als Violet und Sunny Baudelaire Graf Olaf anstarrten (beziehungsweise, wie das Namensschild auf dem Schreibtisch behauptete, Shirley). Violet und Sunny besaßen ein sehr gesundes Selbstwertgefühl. Violet wusste, dass sie Dinge richtig machen konnte, weil sie eine ganze Menge Sachen erfunden hatte, die perfekt funktionierten. Sunny wusste, dass sie nicht langweilig war, weil ihre Geschwister ihr bei allem, was sie sagte, interessiert zuhörten. Und schließlich wussten beide Schwestern, dass sie nicht hässlich waren, weil sie in diesem Moment ihre angenehmen Gesichtszüge sehen konnten, die sich in Graf Olafs teuflisch funkelnden Augen spiegelten. Aber es spielte überhaupt keine Rolle, was sie von sich selbst hielten – sie saßen in der Falle.

»Ja, hallo, ihr zwei Süßen!«, flötete Graf Olaf mit einer lächerlich hohen Stimme, so als wäre er tatsächlich eine Sprechstundenhilfe namens Shirley und nicht ein Bösewicht, der hinter dem Vermögen der Baudelaires her war. »Wie heißt ihr denn?«

»Ihr wisst genau, wie wir heißen«, antwortete Violet kurz angebunden. Sie hatte Graf Olafs Spielchen gründlich satt. »Mit der Perücke und dem Lippenstift könnt Ihr uns genauso wenig reinlegen wie mit dem hellbraunen Kleid und den beigen Schuhen. Ihr seid Graf Olaf.«

»Da irrst du dich leider«, sagte Graf Olaf. »Ich heiße Shirley. Siehst du nicht dieses Namensschild?«

»Fiti!«, rief Sunny laut dazwischen und das hieß: »So ein Namensschild beweist noch gar nichts!«

»Sunny hat Recht«, sagte Violet. »So ein kleines Stück Holz mit einem Namen darauf besagt noch lange nicht, dass Ihr Shirley seid.«

»Ich werde euch sagen, wieso ich Shirley bin«, antwortete Graf Olaf. »Ich bin Shirley, weil ich gern so genannt werden möchte, und es wäre unhöflich, es nicht zu tun.«

»Bei einem so widerlichen Menschen wie Euch«, sagte Violet, »ist es mir ganz egal, ob wir unhöflich sind.«

Graf Olaf schüttelte den Kopf. »Aber wenn ihr zu mir unhöflich seid«, sagte er, »dann könnte ich auch zu euch unhöflich sein. Ich könnte euch zum Beispiel mit bloßen Händen die Haare ausreißen.«

Violet und Sunny schauten auf Graf Olafs Hände. Zum ersten Mal fiel ihnen auf, dass er sich die Fingernägel ganz lang hatte wachsen lassen und sie als Teil seiner Verkleidung knallrosa lackiert hatte. Die Schwestern Baudelaire sahen einander an. Graf Olafs Fingernägel sahen in der Tat sehr scharf aus.

»Okay, Shirley«, sagte Violet. »Sie lauern uns schon die ganze Zeit auf, seit wir hier in Jammerau sind, stimmt's?«

Shirley rückte mit einer Hand ihre Perücke zurecht. »Kann sein«, sagte sie, immer noch mit dieser lächerlich hohen Stimme.

»Und die ganze Zeit haben Sie sich in diesem augenförmigen Haus versteckt gehalten, stimmt's?«, fragte Violet weiter.

Shirley zwinkerte einmal, und Violet und Sunny sahen, dass sie unter ihrer einen langen Augenbraue – einem weiteren Erkennungszeichen von Graf Olaf – lange falsche Wimpern trug. »Möglich«, sagte sie.

»Und Sie stecken mit Dr. Orwell unter einer Decke!«, sagte Violet, womit sie sagen wollte, dass die beiden gemeinsame Sache machten, um an das Vermögen der Baudelaires zu kommen. »Hab ich Recht?«

»Vielleicht«, sagte Shirley und schlug die Beine übereinander. Auf ihre weißen Seidenstrümpfe war ein Auge aufgedruckt.

»Popinsch!«, quiekte Sunny.

»Sunny will sagen«, erklärte Violet, »dass Dr. Orwell Klaus hypnotisiert hat und so an diesem schrecklichen Unfall schuld ist. So war's doch wohl, oder?«

»Denkbar«, sagte Shirley.

»Und nun wird er wieder hypnotisiert, genau in diesem Moment, nicht wahr?«

»Das läge durchaus im Bereich des Möglichen«, antwortete Shirley.

Mit klopfendem Herzen schauten Violet und Sunny einander an. Violet nahm ihre Schwester bei der Hand und trat einen Schritt zurück in Richtung Tür.

»Und nun«, sagte sie, »werden Sie versuchen, auch uns zu schnappen, stimmt's?«

»Natürlich nicht«, antwortete Shirley. »Ich werde euch einen Keks anbieten, so wie nette Sprechstundenhilfen das immer machen.«

»Sie sind doch gar keine Sprechstundenhilfe!«, rief Violet laut.
»Und ob ich das bin«, sagte Shirley. »Ich bin eine arme kleine Sprechstundenhilfe, die ganz allein lebt und sich nichts sehnlicher wünscht, als Kinder zu sich zu nehmen und großzuziehen. Genau genommen drei: ein cleveres kleines Mädchen, einen hypnotisierten kleinen Jungen und ein Baby mit ein paar spitzen Zähnchen.«
»Uns jedenfalls können Sie nicht großziehen«, wandte Violet ein. »Wir werden bereits von Sir aufgezogen.«
»Oh, nicht mehr lange, dann reicht er euch an mich weiter«, sagte Shirley mit funkelnden Augen.
»Seien Sie nicht abs-«, begann Violet, unterbrach sich aber, bevor sie noch -urd sagen konnte. Eigentlich hatte sie sagen wollen, dass der Gedanke absurd sei und Sir so etwas nie tun würde, aber auf einmal merkte sie, dass sie sich da gar nicht so sicher war. Sir ließ die drei Kinder in engen Kojen schlafen. Er ließ sie in seiner Sägemühle arbeiten. Er gab ihnen zum Mittagessen nichts weiter als ein Stück Kaugummi. Und so gern Violet auch glauben wollte, dass der Gedanke, er könne die Baudelaire-Waisen einfach an Shirley weiterreichen, absurd sei, so wenig war sie davon überzeugt. Sie war nur halb sicher und deswegen brach sie auch nach dem halben Wort ab.

»Abs?«, hörte sie eine Stimme hinter sich sagen. »Was um alles in der Welt soll ›abs‹ heißen?«
Violet und Sunny fuhren herum und sahen Dr. Orwell, die gerade Klaus ins Wartezimmer führte. Er trug eine neue Brille und sah sehr verwirrt aus.
»Klaus!«, rief Violet. »Wir haben uns solche Sorgen um dich gemacht. Wir waren abs…« – »absolut sicher, dass sie dich wieder hypnotisiert!«, hatte sie sagen wollen, aber als sie Klaus' Miene sah, blieben ihr die Worte im Hals stecken. Sein Gesichtsausdruck war derselbe, den er gehabt hatte, als er vom ersten Besuch bei Dr. Orwell zurückkam. Hinter den neuen Brillengläsern waren seine Augen ganz weit aufgerissen, und er lächelte seine Schwestern so flüchtig und gedankenverloren an, als wären sie entfernte Bekannte.
»Da war es schon wieder, dieses ›abs‹«, bemerkte Dr. Orwell. »Was um alles in der Welt meinst du denn damit?«
»›Abs‹ heißt gar nichts«, sagte Shirley. »Nur dumme Menschen sagen so etwas.«
»Es sind wirklich ziemlich dumme Kinder, nicht wahr?«, pflichtete Dr. Orwell ihr bei. Es klang so, als redeten sie übers Wetter und nicht über Menschen, die sie gerade beleidigten. »Sie müssen ein stark unterentwickeltes Selbstwertgefühl haben.«
»Sie haben ja so Recht, Dr. Orwell«, sagte Shirley.

»Nennen Sie mich ruhig Georgina«, sagte die furchtbare Augenärztin. »Also, Mädchen, hier habt ihr euren Bruder wieder. Er ist noch ein bisschen müde von der Untersuchung, aber morgen früh ist er wieder fit. Mehr als fit sogar. Viel mehr.« Sie wandte sich ab und wies mit dem edelsteingeschmückten Stock auf die Tür. »Ihr wisst ja, wo es hinausgeht.«

»Ich nicht«, sagte Klaus schwach. »Ich kann mich gar nicht erinnern, wie ich hier hereingekommen bin.«

»Das passiert häufig nach Augenmessungen«, meinte Dr. Orwell beruhigend. »So, nun lauft, Kinder!«

Violet nahm ihren Bruder bei der Hand und führte ihn zur Tür. »Dürfen wir wirklich gehen?«, fragte sie. Einen Moment lang hatte sie ihre Zweifel.

»Aber selbstverständlich«, sagte Dr. Orwell. »Ich bin mir allerdings sicher, meine Sprechstundenhilfe und ich sehen euch schon bald wieder. Klaus ist ja neuerdings sehr tollpatschig. Ständig verursacht er Unfälle.«

»Rupisch!«, quiekte Sunny. Vermutlich hieß das: »Das waren keine Unfälle! Das kommt vom Hypnotisieren!«

Aber die Erwachsenen hörten schon gar nicht mehr hin. Dr. Orwell hatte sich abgewandt und Shirley wedelte mit ihrem knochigen rosa Zeigefinger.

»Tschü-üss, ihr Waisenkinder«, rief sie ihnen nach.

Klaus sah Shirley an und winkte zurück. Violet und

Sunny packten ihn bei den Armen und zerrten ihn aus dem Wartezimmer.
»Wie konntest du ihr auch noch zuwinken?«, zischte Violet ihren Bruder an, als sie den Gang hinuntergingen.
»Sie scheint doch ganz nett zu sein«, meinte Klaus. »Irgendwo habe ich sie schon mal gesehen.«
»Balliwot!«, schrie Sunny und das hieß zweifellos: »Es ist Graf Olaf! Er hat sich wieder verkleidet!«
»Wenn du meinst«, antwortete Klaus nur.
»Mensch, Klaus!«, sagte Violet verzweifelt, »Sunny und ich haben unsere Zeit damit verschwendet, auf Shirley einzureden. Stattdessen hätten wir dich lieber da rausholen sollen. Sie haben dich wieder hypnotisiert, ich weiß es. Versuch mal, dich zu konzentrieren, Klaus. Versuch dich zu erinnern.«
»Meine Brille ist zerbrochen«, sagte Klaus langsam. »Und dann sind wir von der Sägemühle weggegangen … Ich bin so müde, Veronika. Kann ich nicht schlafen gehen?«
»Violet«, sagte Violet. »Ich heiße Violet, nicht Veronika.«
»Tut mir Leid«, sagte Klaus. »Ich bin bloß so müde.« Violet öffnete die Tür und die drei Kinder traten hinaus auf die deprimierende Straße von Jammerau. Violet und Sunny blieben stehen und dachten daran, wie sie das erste Mal zur Sägemühle gekommen

waren und auf dem Weg vom Bahnhof das augenförmige Gebäude gesehen hatten. Ihr Instinkt hatte ihnen gleich gesagt, dass dieses Gebäude nichts Gutes verhieß. Aber sie hatten nicht auf ihren Instinkt gehört, sondern auf Mr. Poe.

»Wir bringen Klaus besser in den Schlafsaal«, sagte Violet zu Sunny. »Was Anderes fällt mir nicht ein, solange Klaus in dieser Verfassung ist. Anschließend sollten wir mit Sir sprechen und ihm erzählen, was passiert ist. Hoffentlich kann er uns helfen.«

»Guuri«, meinte Sunny düster. Die Schwestern führten ihren Bruder durch das Holztor und über den Hof zum Schlafsaal. Es war schon fast Abendessenszeit, und als die Kinder eintraten, sahen sie die übrigen Angestellten auf ihren Kojen sitzen und leise miteinander reden.

»Da seid ihr ja wieder«, sagte einer. »Wirklich erstaunlich, dass ihr euch überhaupt noch hertraut, nach allem, was ihr mit Phil gemacht habt!«

»Ach, lass nur«, sagte Phil. Die Waisen drehten sich um und sahen ihn auf seiner Koje liegen, das eine Bein in Gips. »Klaus hat es ja nicht mit Absicht getan, stimmt's, Klaus?«

»Was soll ich nicht mit Absicht getan haben?«, fragte Klaus konsterniert, was hier bedeutet: »überrascht, weil er gar nichts von dem Unfall wusste, bei dem Phil verletzt worden war.«

»Unser Bruder ist sehr müde«, beeilte sich Violet zu sagen. »Wie geht es Ihnen, Phil?«

»Oh, mir geht's ausgezeichnet«, sagte Phil. »Mein Bein tut mir weh, aber sonst nichts. Ich hab wirklich Glück gehabt. Aber lasst uns nicht mehr von mir sprechen. Für euch ist eine Nachricht abgegeben worden. Vorarbeiter Flacutono hat gesagt, sie sei sehr wichtig.«

Phil reichte Violet einen Umschlag, auf dem mit Schreibmaschine »Baudelaires« geschrieben stand. Er sah genauso aus wie der Umschlag, den sie an ihrem ersten Tag hier zur Begrüßung vorgefunden hatten. In dem Umschlag lag ein Zettel, auf dem stand:

An: *Die Baudelaire-Waisen*
Von: *Sir*
Betreff: *Der heutige Unfall*

Es ist mir zu Ohren gekommen, dass ihr heute Morgen im Sägewerk einen Unfall verursacht habt, bei dem ein Angestellter verletzt und folglich eine Unterbrechung des Betriebs notwendig wurde.

Unfälle werden von unfähigen Arbeitern verursacht und unfähige Arbeiter können in der Sägemühle Glück & Partner nicht geduldet werden. Solltet ihr weiterhin Unfälle verschulden, so sehe ich mich gezwungen, euch zu feuern und fortzuschicken. Ich habe bereits eine reizende junge Dame ausfindig gemacht, die glücklich wäre, drei kleine Kinder zu adoptieren. Sie heißt Shirley und ist von Beruf Sprechstundenhilfe. Solltet ihr drei euch also weiterhin als unfähige Arbeiter erweisen, so werde ich euch in die Obhut dieser Dame geben.

Zehntes Kapitel

Violet las ihren Geschwistern die Mitteilung laut vor, und sie hätte nicht sagen können, wessen Reaktion erschreckender war. Sunny biss sich vor lauter Angst in die Lippe, und weil ihre Zähne so spitz waren, liefen ihr winzige Blutstropfen übers Kinn. Das war schon schrecklich genug. Aber Klaus schien überhaupt nichts gehört zu haben. Er starrte nur einfach ins Leere und das war nicht weniger Besorgnis erregend. Violet steckte den Zettel in den Umschlag zurück, ließ sich auf die untere Koje sinken und überlegte, was um alles in der Welt sie jetzt tun könnte.

»Schlechte Nachrichten?«, fragte Phil mitfühlend. »Vergiss nicht – manchmal halten wir etwas für ein Unglück, was sich später als Segen herausstellt. Es hat sich sozusagen verkleidet.«

Violet versuchte Phil anzulächeln, aber die Muskeln, die sie dazu gebraucht hätte, waren wie eingefroren. Sie wusste – oder zumindest glaubte sie es, denn in Wirklichkeit täuschte sie sich –, dass außer Graf Olaf nichts und niemand verkleidet war. »Wir müssen zu Sir gehen«, sagte sie schließlich. »Wir müssen ihm erklären, was passiert ist.«

»Man darf aber nicht zu Sir, wenn man nicht angemeldet ist«, warnte Phil.

»Das hier ist ein Notfall«, meinte Violet. »Komm mit, Sunny. Komm ...« Sie sah zu ihrem Bruder hinüber. Mit weit aufgerissenen Augen starrte er seine ältere Schwester an. Violet musste an den Unfall denken, den er verursacht hatte, und daran, dass die anderen Menschen, in deren Obhut sie bisher gelebt hatten, alle umgekommen waren. Sie konnte sich zwar nicht vorstellen, dass Klaus zu einem so heimtückischen Mord fähig wäre wie Graf Olaf, aber ganz sicher war sie sich da nicht mehr. Nicht, wenn er hypnotisiert war.

»Dinel«, sagte Sunny.

»Klaus kann nicht mitgehen«, entschied Violet. »Phil, könnten Sie bitte auf unseren Bruder aufpassen, während wir zu Sir gehen?«

»Aber natürlich«, sagte Phil.

»Lassen Sie ihn möglichst nicht aus den Augen«, fügte Violet noch hinzu, als sie Klaus zu ihrem Stockbett führte. »Er ist – er war in letzter Zeit nicht ganz bei sich, das ist Ihnen sicher aufgefallen. Bitte sorgen Sie dafür, dass es keine Probleme gibt.«

»Verlass dich ganz auf mich«, antwortete Phil.

»Also, Klaus«, sagte Violet, »versuch jetzt ein bisschen zu schlafen. Morgen früh geht es dir hoffentlich besser.«

»Wupp«, sagte Sunny, was etwa so viel heißen sollte wie: »Das hoffe ich auch!«

Klaus legte sich aufs Bett, und seine Schwestern betrachteten seine Füße, die noch ganz dreckig waren, nachdem er den ganzen Tag ohne Schuhe herumgelaufen war. »Gute Nacht, Violet«, sagte Klaus. »Gute Nacht, Susan.«

»Sie heißt *Sunny*«, sagte Violet.

»Tut mir Leid«, sagte Klaus. »Ich bin nur einfach so wahnsinnig kaputt. Glaubt ihr wirklich, dass es mir morgen wieder besser geht?«

»Wenn wir Glück haben«, antwortete Violet. »So, jetzt schlaf schön.«

Klaus warf einen flüchtigen Blick auf seine ältere Schwester. »Jawohl, mein Herr«, murmelte er noch. Dann schloss er die Augen und schlief sofort ein. Die Älteste der Baudelaires stopfte die Decke fest und schaute ihren Bruder noch einmal lange und sorgenvoll an. Dann nahm sie Sunny bei der Hand, lächelte Phil zu und verließ den Schlafsaal, um zu den Büros auf der anderen Seite des Hofs zu gehen. Im Gang schritten die beiden Schwestern am Spiegel vorbei, ohne einen einzigen Blick hineinzuwerfen, dann klopften sie an eine Tür.

»Herein!« Die Kinder erkannten Sirs dröhnende

Stimme. Nervös öffneten sie die Tür. Sir saß an einem gewaltigen Schreibtisch aus ganz dunklem Holz. Wieder rauchte er seine Zigarre, so dass man sein Gesicht hinter der Rauchwolke nicht erkennen konnte. Der Schreibtisch war übersät mit Ordnern und Papieren, und die Buchstaben auf dem Namensschild waren aus zerkautem Kaugummi geformt, geradeso wie am Eingangstor zur Sägemühle. Auf dem Schild stand nur: BOSS.

Was es sonst noch in dem Raum gab, war schwer zu erkennen, da es nur eine winzige Lampe gab, und die stand auf Sirs Schreibtisch. Direkt neben Sir stand Charles, der den Kindern scheu zulächelte, als sie auf ihren Vormund zugingen.

»Seid ihr angemeldet?«, fragte Sir.

»Nein«, sagte Violet, »aber ich muss unbedingt mit Ihnen sprechen. Es ist sehr wichtig.«

»Ob etwas wichtig ist oder nicht, entscheide ich!«, bellte Sir. »Siehst du dieses Namensschild? Da steht BOSS und das bin ich. Nur wenn *ich* sage, dass etwas wichtig ist, dann ist es auch wichtig, kapiert?«

»Ja, Sir«, sagte Violet, »aber wenn ich Ihnen erkläre, was passiert ist, dann werden Sie mir sicher Recht geben.«

»Ich weiß, was passiert ist«, sagte Sir. »Ich bin schließlich der Boss. Natürlich weiß ich es. Habt ihr denn meine Nachricht nicht erhalten?«

Violet holte tief Luft und blickte Sir in die Augen, oder wenigstens in den Teil der Rauchwolke, wo sie seine Augen vermutete. »Der Unfall«, sagte sie dann, »ist deswegen passiert, weil Klaus hypnotisiert wurde.«

»Mich interessiert nicht, welche Hobbys euer Bruder hat«, sagte Sir. »Das ist keine Entschuldigung für einen Unfall.«

»Sie verstehen mich nicht, Sir«, sagte Violet. »Klaus ist von Dr. Orwell hypnotisiert worden, sie steckt mit Graf Olaf unter einer Decke.«

»Oh nein!«, sagte Charles. »Ihr armen Kinder! Sir, wir müssen dem ein Ende bereiten!«

»Wir bereiten dem ja ein Ende«, sagte Sir. »Ihr Kinder verursacht keine Unfälle mehr, dann bleibt ihr auch Angestellte dieser Sägemühle und seid in Sicherheit. Andernfalls fliegt ihr.«

»Sir!«, rief Charles. »Sie würden doch diese Kinder nicht auf die Straße setzen!«

»Natürlich nicht!«, antwortete Sir. »Wie in meinem Brief bereits dargelegt, habe ich eine ganz reizende junge Dame kennen gelernt, die als Sprechstundenhilfe arbeitet. Als ich erwähnte, dass ich drei Kinder in meiner Obhut habe, sagte sie, sie würde sie jederzeit nehmen, falls es mal irgendwelche Schwierigkeiten gäbe. Sie habe sich schon immer eigene Kinder gewünscht.«

»Paah!«, schrie Sunny.

»Das ist doch Graf Olaf!«, rief Violet.

»Haltet ihr mich für einen Trottel?«, fragte Sir und deutete auf seine Wolke. »Ich habe von Mr. Poe eine komplette Beschreibung dieses Herrn bekommen und die Sprechstundenhilfe sieht ihm überhaupt nicht ähnlich. Sie ist eine ganz reizende junge Dame.«

»Haben Sie nach der Tätowierung geschaut?«, fragte Charles. »Graf Olaf hat doch eine Tätowierung am Knöchel, erinnern Sie sich?«

»Selbstverständlich habe ich *nicht* nach der Tätowierung gesehen«, entgegnete Sir ungeduldig. »Man schaut einer Dame nicht auf die Beine!«

»Aber sie ist keine Dame«, platzte Violet heraus. »Ich meine, *er* ist keine Dame! Er ist Graf Olaf!«

»Ich habe doch das Namensschild gesehen«, sagte Sir. »Da stand nicht *Graf Olaf*, da stand *Shirley*.«

»Fiti!«, quiekte Sunny, und du weißt schon, dass sie damit sagen wollte: »So ein Namensschild beweist doch überhaupt nichts!« Violet blieb keine Zeit zum Übersetzen, weil Sir mit beiden Fäusten auf seinen Schreibtisch hämmerte.

»Hypnose! Graf Olaf! Fiti! Ich hab eure Ausreden satt!«, brüllte er. »Ihr seid hier, um schwer zu arbeiten, und nicht, um Unfälle zu bauen! Ich habe schon genug zu tun, ohne mich um tollpatschige Kinder kümmern zu müssen!«

Schnell dachte sich Violet etwas anderes aus. »Könnten wir dann nicht vielleicht Mr. Poe anrufen?«, fragte sie. »Er weiß alles über Graf Olaf, er könnte uns vielleicht helfen.« Sie fügte lieber nicht hinzu, dass Mr. Poe normalerweise wenig hilfreich war.

»Nachdem ich euch schon am Hals habe, wollt ihr mir auch noch die Kosten für ein Ferngespräch aufbrummen?«, fragte Sir. »Das kann doch wohl nicht wahr sein! Ich sage es jetzt noch einmal klipp und klar: Wenn ihr noch einmal etwas vermurkst, dann kommt ihr zu Shirley.«

»Aber Sir«, wandte Charles ein. »Es sind Kinder und Sie sollten nicht so mit ihnen reden. Sie werden sich erinnern, dass ich immer schon dagegen war, die Baudelaires in der Sägemühle arbeiten zu lassen. Man sollte sie wie Mitglieder der Familie behandeln.«

»Das tue ich doch«, sagte Sir. »Viele meiner Cousins leben im Schlafsaal. Außerdem habe ich keine Lust, mit dir zu diskutieren, Charles. Du bist mein Partner! Deine Aufgabe ist es, mir die Hemden zu bügeln und Omeletts zu braten, und nicht, mich herumzukommandieren.«

»Sie haben natürlich Recht, Sir«, sagte Charles leise. »Tut mir Leid.«

»Und jetzt raus mit euch, allesamt«, bellte Sir. »Ich habe jede Menge Arbeit!«

Sunny machte den Mund auf, um etwas zu sagen, aber sie wusste, es wäre nutzlos. Violet überlegte, ob ihr noch irgendein Argument einfiele, aber sie wusste, es wäre sinnlos. Und Charles hob die Hand, um etwas klarzustellen, aber er wusste, es wäre müßig, was hier so viel heißt wie »nutzlos und sinnlos«. Also verließen Charles und die beiden Baudelaires das dunkle Büro, ohne noch ein einziges Wort zu verlieren. Im Gang blieben sie kurz beieinander stehen.

»Macht euch keine Sorgen«, flüsterte Charles. »Ich werde euch helfen.«

»Wie denn?«, flüsterte Violet zurück. »Werden Sie Mr. Poe anrufen und ihm sagen, dass Graf Olaf hier ist?«

»Ulo?«, fragte Sunny, womit sie sagen wollte: »Werden Sie Dr. Orwell verhaften lassen?«

»Werden Sie uns vor Shirley verstecken?«, fragte Violet.

»Henipul?«, fragte Sunny, womit sie sagen wollte: »Werden Sie dafür sorgen, dass Klaus nicht mehr hypnotisiert ist?«

»Nein«, gab Charles zu. »Das kann ich alles nicht. Sir wäre furchtbar wütend auf mich und das wäre schrecklich. Aber morgen werde ich versuchen, euch beim Mittagessen ein paar Rosinen zuzustecken, in Ordnung?«

Es war natürlich nicht in Ordnung, ganz im Gegenteil. Rosinen sind gesund, sie sind preiswert, und es soll sogar Leute geben, die sie lecker finden. Aber nützlich sind sie wohl eher selten. Wenn Charles den Kindern tatsächlich helfen wollte, dann gab es wohl kaum etwas, was noch weniger nützlich gewesen wäre als Rosinen. Violet antwortete gar nicht erst. Sie schaute auf das andere Ende des Gangs und dachte nach. Auch Sunny antwortete nicht. Sie war nämlich bereits dabei, auf die Tür zur Bibliothek zuzukrabbeln. Die Schwestern Baudelaire hatten keine Zeit, mit Charles zu reden. Sie brauchten einen Plan, und zwar schnell. Die Baudelaire-Waisen befanden sich in einer äußerst schwierigen Lage, und jeder Moment zählte, wenn ihnen etwas einfallen sollte, das viel, viel nützlicher wäre als Rosinen.

Elftes Kapitel

Wir sprachen ja gleich zu Anfang schon darüber – manchmal weiß man bereits beim ersten Satz eines Buches, wie die Geschichte weitergehen wird. Dieses Buch beginnt, wie du dich sicher noch erinnerst, mit dem Satz: »Die Baudelaire-Waisen schauten aus dem verschmierten Zugfenster, und während sie in den unheimlich schwarzen Finsterwald starrten, fragten sie sich, ob ihr Leben sich wohl je zum Besseren wenden würde«, und es hat sich gezeigt, dass die Geschichte genauso elend und hoffnungslos verläuft, wie der erste Satz verspricht. Ich erwähne das nur, damit du dir eine Vorstellung davon machen kannst, wie es Violet und Sunny ging, als sie voller Furcht eines der Bücher aus der Bibliothek der Sägemühle Glück & Partner aufschlugen. Den beiden Baudelaire-Schwestern steckte ohnehin schon die Angst in den Knochen. Das kam zum Teil daher, dass Sir sich ihnen gegenüber auf so grausame Weise unfair verhielt. Zu einem weiteren Teil hatte es damit zu tun, dass Charles, so freundlich er auch war, unfähig schien, ihnen zu helfen. Zu noch einem weiteren Teil hing es damit zusammen, dass Klaus schon wieder hypnotisiert worden war. Doch der Löwenanteil – dieses Wort bedeutet nichts anderes als »der größte Anteil« und hat weder mit Löwen noch mit Teilen irgendetwas zu tun –, also der Löwenanteil ihrer Angst kam daher, dass Graf Olaf, oder Shirley, wie er unbedingt genannt werden wollte, wieder einmal im Leben der Baudelaires aufgetaucht war und ihnen so großen Kummer bereitete. Aber als Violet und Sunny das Buch von Dr. Georgina Orwell aufschlugen, *Ophthalmologie für Fortgeschrittene*, da überkam sie erst recht das Grauen. Der erste Satz lautete: »Mit der vorliegenden Edition intendiert die Verfasserin eine Epistemologie aller ophthalmologisch relevanten Analysen okularer Systeme sowie der indizierten requisitären wie subsidiären Therapien zum Zwecke der partiellen oder kompletten Rehabilitation«, und als Violet ihn ihrer Schwester laut vorlas, spürten beide Kinder das Grauen, das einen unweigerlich überfällt, wenn man ein sehr langweiliges und schwieriges Buch beginnt.

»Oje«, seufzte Violet, die sich fragte, was in aller Welt ›Edition‹ wohl bedeutete, »das ist wirklich ein sehr schwieriges Buch.«

»Gardsch!«, sagte Sunny, die sich fragte, was in aller Welt wohl ›intendiert‹ bedeutete.

»Wenn wir doch bloß ein Lexikon hätten«, meinte Violet düster, »dann könnten wir vielleicht rauskriegen, was der ganze Satz bedeutet.«

»Jasch!«, bemerkte Sunny, was so ungefähr heißen sollte: »Und wenn Klaus nicht hypnotisiert wäre, dann würde er uns auf Anhieb sagen, was das alles bedeutet.«

Violet und Sunny seufzten beide, als sie an ihren armen hypnotisierten Bruder dachten. Klaus schien ihnen so anders als der Bruder, den sie kannten; es war beinahe so, als hätte Graf Olaf Erfolg gehabt mit seinen üblen Machenschaften und eine der Baudelaire-Waisen bereits beseitigt. Normalerweise schaute Klaus voller Interesse in die Welt, aber jetzt war seine Miene völlig leer. Normalerweise waren seine Augen vom vielen Lesen zusammengekniffen, aber jetzt waren sie weit aufgerissen, so als habe er stattdessen ferngesehen. Normalerweise war er hellwach und hatte lauter interessante Dinge zu sagen, aber jetzt war er vergesslich und fast stumm.

»Wer weiß, ob Klaus uns erklären könnte, was diese Wörter bedeuten?«, fragte Violet. »Es kommt ihm so vor, als wäre ein Teil seines Gehirns einfach leer gefegt, das hat er gesagt. Vielleicht kennt er alle diese Wörter nicht, wenn er hypnotisiert ist. Ich glaube, seit Phils Unfall habe ich ihn nur ein einziges Wort definieren hören. Da hat er erklärt, was ›exzessiv‹ bedeutet. Weißt du was, Sunny – du kannst dich genauso gut ein bisschen ausruhen. Wenn ich auf irgendetwas Nützliches stoße, wecke ich dich.«

Sunny kletterte auf den Tisch und legte sich neben die *Ophthalmologie für Fortgeschrittene*, die fast so groß war wie sie selbst. Violets Blick ruhte einen Moment lang auf der Schwester, dann wandte sie ihre Aufmerksamkeit wieder dem Buch zu. Violet las selbstverständlich gerne, aber im Herzen war sie eine Erfinderin, keine Wissenschaftlerin. Sie besaß einfach nicht Klaus' erstaunliches Lesevermögen. Wieder starrte sie auf Dr. Orwells ersten Satz und wieder sah sie nichts anderes als eine Ansammlung schwieriger Wörter. Wenn Klaus jetzt in der Bibliothek sein könnte und nicht hypnotisiert wäre, dann würde ihm ein Ausweg aus dieser verfahrenen Situation einfallen, das wusste sie. Violet versuchte sich vorzustellen, wie ihr Bruder an so ein Buch wie *Ophthalmologie für Fortgeschrittene* herangehen würde, und sie versuchte, seine Methode nachzuahmen.

Zuerst blätterte sie einmal zurück, noch vor die erste Seite, dorthin, wo das Inhaltsverzeichnis war, also das Verzeichnis der Kapitelüberschriften mit den entsprechenden Seitenzahlen. Violet hatte kaum darauf geachtet, als sie das Buch das erste Mal aufschlug, aber jetzt war ihr klar, dass Klaus das Inhaltsverzeichnis vermutlich als Erstes durchgehen würde, um zu sehen, welche Kapitel des Buches wohl am nützlichsten wären. Rasch überflog sie also die Überschriften:

1.	Einführung	1
2.	Grundlagen der Ophthalmologie	105
3.	Kurzsichtigkeit und Weitsichtigkeit	279
4.	Erblindung	311
5.	Juckende Augenlider	398
6.	Beschädigung der Pupille	501
7.	Blinzelprobleme	612
8.	Zwinkerprobleme	650
9.	Chirurgische Methoden	783
10.	Brillen, Monokel, Kontaktlinsen	857
11.	Sonnenbrillen	926
12.	Hypnose und Gehirnkontrolle	927
13.	Welche Augenfarbe ist die beste?	1000

Violet sah natürlich auf einen Blick, dass das zwölfte Kapitel am hilfreichsten sein würde, und war heilfroh, dass sie daran gedacht hatte, in das Inhaltsverzeichnis zu schauen, sonst hätte sie erst bis Seite 927 lesen müssen, bevor sie auf etwas Nützliches stieß. Erleichtert, dass sie den einschüchternden ersten Absatz jetzt überspringen konnte, blätterte sie die *Ophthalmologie für Fortgeschrittene* hastig durch, bis sie zum Kapitel *Hypnose und Gehirnkontrolle* kam.

Von ›stilistischer Konsistenz‹ spricht man, wenn Bücher von vorn bis hinten in einem einheitlichen Stil geschrieben sind. Das Buch, das du gerade liest, besitzt zum Beispiel stilistische Konsistenz, weil es deprimierend beginnt und bis zur letzten Seite immer so weitergeht. Ich sage es ungern, aber Violet merkte schnell, dass auch Dr. Orwells Buch stilistisch konsistent war. Gleich der erste Satz des Kapitels über *Hypnose und Gehirnkontrolle* lautete: »Hypnose ist eine wenngleich effiziente, so doch prekäre Methode, weswegen sie keinesfalls von Amateuren praktiziert werden sollte.« Das war nicht weniger kompliziert und langweilig als der erste Satz des ganzen Buches. Violet las den Satz noch einmal und noch einmal und dabei wurde sie immer mutloser. Wie um alles in der Welt machte Klaus das nur? Als die drei Kinder noch zu Hause bei ihren Eltern lebten, da gab es in der Bibliothek ihrer Eltern ein Lexikon mit -zig Bänden, das Klaus oft benutzte, wenn er mit einem schwierigen Buch nicht weiterkam. Aber wie las Klaus schwierige Bücher, wenn kein Lexikon aufzutreiben war? Violet war das ein Rätsel, doch sie wusste, dass dieses Rätsel ganz schnell gelöst werden musste.

Sie konzentrierte sich wieder auf das Buch und las den ersten Satz noch einmal, wobei sie aber alle Wörter überschlug, die sie nicht kannte. Wie man das häufig tut, wenn man auf diese Weise liest, summte Violet jedes Mal, wenn ihr ein Wort oder ein Teil von einem Wort unbekannt war. Der erste Satz von Kapitel 12 hörte sich dann in Violets Kopf so an: »Hypnose ist eine wenngleich hmhmhm, so doch hmhmhm Methode, weswegen sie von hmhmhm auf keinen Fall hmhmmt werden sollte.« Was das genau heißen sollte, wusste sie zwar immer noch nicht, aber sie konnte es erraten. »Es könnte heißen«, überlegte sie, »dass Hypnose eine schwierige Methode ist, die Anfänger nicht ausprobieren sollten.« Das Interessante dabei war, dass sie gar nicht so falsch lag. Es wurde immer später, während Violet auf diese Weise immer weiterlas, und sie staunte selbst, dass es ihr möglich war, sich so durch viele, viele Seiten von Dr. Orwells Buch hindurchzuraten. Das ist selbstverständlich nicht die beste Art zu lesen, weil man schließlich auch schrecklich danebenliegen kann, aber für Notfälle mag es mal angehen.

Mehrere Stunden lang blieb es in der Bibliothek der Sägemühle vollkommen still, bis auf das Umblättern der Seiten, während Violet auf der Suche nach etwas war, das ihnen helfen könnte. Immer wieder warf sie einen Blick auf ihre Schwester, und zum ersten Mal in ihrem Leben wünschte Violet, Sunny wäre schon älter, als sie war. Wenn man dabei ist, ein schwieriges Problem zu lösen – zum Beispiel das, wie man seinen Bruder enthypnotisiert, um einem als Sprechstundenhilfe verkleideten, geldgierigen Mann nicht in die Hände zu fallen –, dann ist es oft hilfreich, wenn man mit anderen über dieses Problem sprechen kann, um zu einer raschen und guten Lösung zu gelangen. Violet erinnerte sich, dass es, als sie bei Tante Josephine gelebt hatten, ausgesprochen hilfreich gewesen war, mit Klaus über einen Brief reden zu können, der, wie sich dann herausstellte, eine versteckte Botschaft enthielt. Mit Sunny war das anders. Das jüngste der Baudelaire-Kinder war hinreißend und hatte prächtige Zähne und für ein Kleinkind war es auch ganz schön intelligent. Aber Sunny war nun mal ein Baby, und während Violet sich weiter durch das zwölfte Kapitel hindurchsummte, machte sie sich Sorgen, dass ihr mit einem Baby als einzigem Diskussionspartner vielleicht keine Lösung einfallen könnte. Als sie einen Satz entdeckte, der nützlich zu sein schien, stieß sie Sunny aber dennoch leicht an und las ihr den Satz laut vor.

»Hör dir das an, Sunny«, sagte sie, als ihre Schwester die Augen aufschlug. »›Ist eine Person erfolgreich hypnotisiert worden, bringt schon ein einziges hmhm-Wort sie dazu, jede beliebige hmhm-Aktion auszuführen, zu der der hmhm sie hmmen will.‹«

»Hmmm?«, fragte Sunny.

»Das sind bloß die Wörter, die ich nicht kenne«, erklärte Violet. »Es ist mühsam, auf diese Weise zu lesen, aber ich glaube, so in etwa verstehe ich, was Dr. Orwell meint. Sie will sicher sagen, dass man, wenn jemand hypnotisiert worden ist, nur ein ganz bestimmtes Wort aussprechen muss, damit er einem gehorcht. Erinnerst du dich noch, was Klaus uns erzählt hat über das, was er aus der *Encyclopaedia Hypnotica* gelernt hat? Von dem ägyptischen Pharao, der Hühner nachmachte, dem Kaufmann, der Geige spielte, oder auch von dem Schriftsteller? In jedem Fall musste der Hypnotiseur nur ein bestimmtes Wort sagen, nichts weiter. Aber es waren immer andere Wörter. Wenn ich bloß wüsste, auf welches Wort Klaus hört.«

»Hiis«, sagte Sunny, was vermutlich heißen sollte: »Das ist eine Nummer zu groß für mich. Ich bin doch noch ein Baby.«

Violet lächelte sie liebevoll an und versuchte sich vorzustellen, was Klaus gesagt hätte, wenn er jetzt – unhypnotisiert – bei ihnen wäre, hier in der Bibliothek. »Ich suche mal weiter, ob ich noch was finde«, beschloss sie.

»Brewoll«, sagte Sunny und das hieß: »Und ich schlaf noch ein Ründchen.«

Beide Baudelaires hielten Wort und eine Weile war

es wieder ganz still in der Bibliothek. Violet hmmte sich weiter durch das Buch und wurde immer müder und immer besorgter. In wenigen Stunden würde ein neuer Arbeitstag beginnen, und sie fürchtete, alle ihre Bemühungen könnten für die Katz sein (natürlich nicht für eine echte Katze; Violet fürchtete nur, dass alles umsonst war und sie es nicht schaffen könnte, Klaus aus seiner Hypnose zu lösen). Aber gerade als sie dabei war, neben ihrer Schwester einzuschlafen, stieß sie auf einen Absatz, der ihr so nützlich schien, dass sie ihn sofort laut las, wovon auch Sunny wieder wach wurde.

»›Um den hypnotischen hmhm einer Person zu hmmen‹«, las Violet, »›wird dieselbe Methode des hmm angewendet: Sobald ein hmmes Wort laut ausgesprochen wird, ist der hmhm unmittelbar gehmmt.‹ Ich nehme an, Dr. Orwell behandelt hier das Thema, wie man Leute wieder enthypnotisiert, und anscheinend muss dazu ein anderes Wort laut ausgesprochen werden. Wenn wir herausfinden, welches Wort das ist, dann können wir Klaus enthypnotisieren, und dann fallen wir Shirley nicht in die Hände.«

»Skell«, sagte Sunny und rieb sich die Augen. Vermutlich wollte sie sagen: »Aber welches Wort könnte das sein?«

»Ich weiß es auch nicht«, antwortete Violet, »aber

wir sollten es besser herausfinden, bevor es zu spät ist.«

»Hmmm«, summte Sunny, aber das kam eher vom Nachdenken als vom Lesen unbekannter Wörter.

»Hmmm«, machte Violet, die ebenfalls nachdachte. Aber auf einmal war da noch ein anderes Hmmm zu hören, und das klang so, dass die beiden Schwestern einander besorgt anschauten. Es war nicht das Hmmm, das jemand macht, weil er ein Wort nicht kennt, oder das Hmmm von jemandem, der angestrengt nachdenkt. Dieses Hmmm war viel lauter und dauerte viel länger, es klang so, dass die beiden Schwestern ihr Nachdenken sofort unterbrachen und aus der Bibliothek rasten, Dr. Orwells Buch in den zitternden Händen. Das Hmmm kam aus der Halle. Es war das Dröhnen der Säge. Jemand hatte die tödlichste Maschine des Sägewerks angeworfen, und zwar in den ersten Minuten des frühen Morgengrauens.

Violet und Sunny rannten über den Hof, der noch in völliger Dunkelheit dalag. Eilig öffneten sie die Tür zur großen Halle und schauten hinein. Vorarbeiter Flacutono stand nahe dem Eingang mit dem Rücken zur Tür und gab mit ausgestrecktem Finger Anweisungen. Die rostige Säge drehte sich mit voller Geschwindigkeit, wodurch dieser grauenvolle Brummton entstand. Am Boden lag schon ein

Baumstamm bereit, der gleich vor die Säge geschoben werden sollte. Offensichtlich war der Stamm viele Male mit Seil umwickelt worden, demselben Seil, das in der Bindemaschine gewesen war, bevor Klaus sie kaputtgemacht hatte.

Als die beiden Schwestern ein Stück näher traten, um besser sehen zu können, erkannten sie, dass das Seil noch um etwas anderes gewickelt war. Ein langes Bündel war an dem Stamm festgebunden. Als sie noch genauer hinsahen, an Vorarbeiter Flacutono vorbei, erkannten sie das Bündel: Es war tatsächlich Charles. Man hatte ihn so eingeschnürt, dass er ein bisschen an eine Raupe in einem Kokon erinnerte, nur dass eine Raupe im Kokon nie so erschrocken aussieht. Das Seil ging auch mehrere Male über seinen Mund, so dass er keinen Ton hervorbringen konnte, doch die Augen waren frei geblieben, und Charles starrte voller Entsetzen auf die Säge, die immer näher herankam.

»So, du kleiner Quatschkopf«, sagte Vorarbeiter Flacutono gerade. »Bisher hast du Glück gehabt und bist meinem Boss und seinen Klauen jedes Mal entkommen. Aber jetzt bist du dran. Noch ein Unfall, und du gehörst uns, und das wird der schlimmste Unfall sein, den es in dieser Sägemühle je gegeben hat. Stell dir nur vor, wie wenig erfreut Sir sein wird, wenn er hört, dass sein Partner in menschliche Bretter zersägt wurde. Also los, du Glückspilz, geh hin und schieb den Stamm vor die Säge!«

Violet und Sunny traten noch ein paar Schritte vor, so weit, dass sie Vorarbeiter Flacutono mit der Hand hätten berühren können – wenn sie sich davor nicht viel zu sehr geekelt hätten. Da sahen sie ihren Bruder. Klaus stand barfuß an den Kontrollhebeln der Säge und starrte den Vorarbeiter mit leeren, weit aufgerissenen Augen an.

»Jawohl, mein Herr«, sagte er, und in Panik riss nun auch Charles die Augen weit auf.

Zwölftes Kapitel

»Klaus!«, schrie Violet. »Klaus, tu's nicht!«

Vorarbeiter Flacutono wirbelte herum, seine Knopfaugen über dem Mundschutz starrten sie an. »Na so was!«, sagte er. »Da sind ja auch die beiden anderen Zwerge. Ihr kommt gerade rechtzeitig, um den Unfall zu sehen.«

»Es ist kein Unfall«, sagte Violet. »Sie machen es mit Absicht!«

»Wir wollen doch nicht haarspalterisch werden«, sagte der Vorarbeiter, wobei er einen Ausdruck benutzte, der »über völlig belanglose Kleinigkeiten streiten« bedeutet.

»Sie haben die ganze Zeit dabei mitgemacht«, rief Violet. »Sie stecken mit Dr. Orwell und Shirley unter einer Decke!«

»Und wenn schon!«, sagte Vorarbeiter Flacutono.

»Deluni!«, schrie Sunny, was mehr oder weniger hieß: »Sie sind nicht nur ein schlechter Vorarbeiter – Sie sind auch ein schlechter Mensch!«

»Ich weiß gar nicht, was du meinst, du Miniaturzwerg«, sagte Vorarbeiter Flacutono, »und es ist mir auch völlig egal. Klaus, du Glückspilz, mach bitte weiter.«

»Nein, Klaus«, brüllte Violet. »Nein!«

»Kewtu!«, schrie Sunny.

»Eure Worte könnt ihr euch sparen«, sagte Vorarbeiter Flacutono. »Begreift ihr das nicht?«

Und ob Sunny das begriff, während sie ihrem Bruder zusah, wie er barfuß zu dem Baumstamm hinüberging, gerade so, als hätten seine Schwestern kein Wort gesagt. Aber Violet sah nicht zu ihrem Bruder hin. Sie sah Vorarbeiter Flacutono an und überlegte, was *er* alles gesagt hatte. Der schreckliche Vorarbeiter hatte natürlich Recht: Die beiden nicht hypnotisierten Baudelaires konnten sich ihre Worte wirklich sparen, weil sie nichts nutzten. Aber es gab Wörter, die etwas nutzen würden, das wusste Violet. Aus dem Buch, das sie immer noch unter dem Arm hielt, hatte sie zwischen all den Hmmms gelernt, dass es ein Wort gab, mit dem man Klaus Befehle erteilten konnte, und ein anderes, mit dem man die Hypnose lösen konnte. Die Älteste der Baudelaires begriff, dass Vorarbeiter Flacutono soeben das Wort benutzt haben musste, mit dem er Klaus Befehle erteilen konnte, und sie versuchte sich zu erinnern, was er gesagt hatte. Er hatte Klaus einen Quatschkopf genannt, aber es war kaum anzunehmen, dass »Quatschkopf« das richtige Wort war. Er hatte auch

»Stamm« gesagt und »schieb«, aber auch das schien ihr beides nicht richtig. Verzweifelt begriff sie, dass mehr oder weniger jedes Wort als Befehlswort in Frage kam.

»So ist es gut«, sagte Vorarbeiter Flacutono, als Klaus neben dem Stamm stand. »Und jetzt, im Namen der Sägemühle Glück & Partner, schiebe den Stamm vor die Säge.«

Violet schloss die Augen und zerbrach sich den Kopf (das ist hier natürlich nicht wörtlich zu verstehen, sondern bedeutet nur, dass sie angestrengt nachdachte). Bei welchen anderen Gelegenheiten war dieses eine Wort bloß schon benutzt worden? Vorarbeiter Flacutono musste es ausgesprochen haben, als Klaus den ersten Unfall verursacht hatte und Phil den Beinbruch erlitt. »Du Zwerg hast das Glück, heute die Maschine zu bedienen«, hatte der Vorarbeiter gesagt, daran erinnerte sich Violet noch, und Klaus hatte »Jawohl, mein Herr« geantwortet, mit dieser matten Stimme, die er unter der Hypnose immer hatte, derselben Stimme, mit der er am Abend gesprochen hatte, als sie schlafen gingen.

»Egu!«, schrie Sunny angstvoll, als das Hmmm der Säge immer lauter und dröhnender wurde. Inzwischen hatte Klaus den Stamm an die Säge herangeschoben, und Charles' Augen wurden immer weiter, als sich das Sägeblatt in das Holz hineinzufressen begann und dem festgebundenen Charles immer näher rückte.

Als Violet sich daran erinnerte, wie Klaus »Jawohl, mein Herr!« zu ihr gesagt hatte, bevor er sich ins Bett legte, war ihr klar, dass sie, ohne es zu wissen, das Wort selbst benutzt haben musste. Wieder zerbrach sie sich den Kopf, um sich genau an die Unterhaltung zu erinnern. Klaus hatte seine kleine Schwester Susan genannt anstatt Sunny, und dann hatte er noch gefragt, ob es ihm am nächsten Morgen auch ganz bestimmt besser gehen würde. Aber was hatte Violet darauf geantwortet?

»Schieb weiter, du Glückszwerg«, sagte Vorarbeiter Flacutono, und im selben Augenblick war Violet alles klar.

Glück.

»Glück!«, brüllte die älteste Baudelaire. Sie machte sich gar nicht erst die Mühe, das Wort in einem Satz zu verstecken, wie es der Vorarbeiter gemacht hatte. »Schieb den Stamm von der Säge weg, Klaus!«

»Jawohl, mein Herr«, sagte Klaus ruhig, und erleichtert sahen die Schwestern Baudelaire, dass es ihm gelang, den Stamm gerade noch wegzuschieben, bevor das wirbelnde Sägeblatt Charles' Zehen aufschlitzte. Vorarbeiter Flacutono wirbelte herum und starrte Violet wutentbrannt an. Sie wusste, dass er wusste, dass sie wusste.

»Glück!«, schnarrte er. »Schieb den Stamm wieder vor die Säge, Klaus!«

»Jawohl, mein Herr«, murmelte Klaus.

»Glück!«, schrie Violet. »Schieb den Stamm weg!«

»Jawohl, mein Herr«, flüsterte Klaus.

»Glück!«, bellte Vorarbeiter Flacutono. »An die Säge!«

»Glück – Stamm weg!«

»Glück – an die Säge!«

»Glück – Stamm weg!«

»Glück – an die Säge!«

»GLÜCK!«, donnerte auf einmal eine dritte Stimme vom Eingang her, und alle, einschließlich Violet, Klaus, Sunny und Vorarbeiter Flacutono, drehten sich um. Sogar Charles tat sein Bestes, um Dr. Orwell zu sehen, die in der Tür stand, zusammen mit Shirley, die hinter der Hypnotiseurin lauerte.

»Wir wollten nur kurz vorbeischauen, um zu sehen, ob alles in Ordnung ist«, sagte Dr. Orwell und wies mit ihrem schwarzen Stock auf die Säge. »Das war wohl auch nötig. Glück!«, brüllte sie an Klaus gewandt. »Hör nicht auf deine Schwestern!«

»Was für eine geniale Idee!«, sagte Vorarbeiter Flacutono zu der Ärztin. »Darauf wäre ich nie gekommen!«

»Genau deshalb sind Sie ja auch bloß Vorarbeiter«, antwortete Dr. Orwell von oben herab. »Glück! Schieb den Stamm vor die Säge, Klaus!«

»Jawohl, mein Herr«, sagte Klaus und machte sich wieder daran, den Stamm nach vorn zu schieben.

»Bitte, Klaus«, schrie Violet. »Tu's nicht!«

»Dscheis!«, schrie Sunny und das hieß: »Tu Charles nichts!«

»Bitte, Dr. Orwell«, flehte Violet, »zwingen Sie meinen Bruder nicht, so etwas Furchtbares zu tun!«

»Es ist furchtbar, das weiß ich auch«, sagte Dr. Orwell. »Aber es ist ebenso furchtbar, dass das ganze Baudelaire-Vermögen an euch drei Bälger gehen soll anstatt an Shirley und mich. Wir beide werden halbe-halbe machen.«

»Nach Abzug aller Unkosten«, erinnerte sie Shirley.

»Nach Abzug aller Unkosten«, bestätigte Dr. Orwell.

Das Hmmm der Säge ging wieder in ein Kreischen über, als das Blatt in den Stamm drang. Tränen traten Charles in die Augen und liefen am Seil hinunter auf den Baumstamm. Violet sah erst ihren Bruder an und dann Dr. Orwell. Frustriert ließ sie das schwere Buch fallen. Was sie jetzt brauchte, und zwar gleich und sofort, war das Wort, mit dem Klaus' Hypnose gelöst werden konnte, aber sie hatte keine Ahnung, welches Wort das sein konnte. Das Befehlswort war viele Male benutzt worden, und so war es Violet gelungen, herauszubekommen, welches Wort es war. Aber Klaus war erst ein einziges Mal enthypnotisiert worden, und zwar nach dem Unfall mit

Phils Bein. Im selben Moment, als Klaus angefangen hatte, den anderen Arbeitern ein Wort zu erklären, hatten Sunny und Violet gewusst, dass er wieder normal war. Aber wie sollte man wissen, welches Wort an jenem Nachmittag dazu geführt hatte, dass Klaus den Befehlen des Vorarbeiters nicht mehr gehorchte? Violet blickte von Charles' Tränen zu denen, die jetzt auch in Sunnys Augen erschienen, während der fatale Unfall unmittelbar bevorstand. Im nächsten Moment, so schien es, würde Charles einen grauenvollen Tod sterben, und dann würden sie unweigerlich in Shirleys Obhut gegeben werden. So oft waren sie Graf Olaf und seinen Betrügereien ganz knapp entkommen, aber dies schien nun der Moment seines – oder ihres – traurigen Triumphes zu sein. Von allem Elend, dachte Violet, das sie und ihre Geschwister erlebt hatten, war dies das absolut extremste, das absolut maßloseste, das absolut gewaltigste. Und während ihr all diese Wörter durch den Kopf schossen, da wusste sie mit einem Mal das Wort, das Klaus aus der Hypnose geholt hatte und das ihnen allen vielleicht das Leben retten mochte.

»Exzessiv!«, brüllte sie, so laut sie nur konnte, damit ihre Stimme den schrecklichen Lärm der Säge übertönte. »Exzessiv! Exzessiv! Exzessiv!«

Klaus zwinkerte heftig und blickte sich dann um, als sei er soeben mitten in der Sägemühle von jeman-

dem fallen gelassen worden. »Wo bin ich?«, fragte er.
»Oh, Klaus«, sagte Violet erleichtert. »Du bist hier bei uns!«
»Verfluchter Mist!«, sagte Dr. Orwell. »Die Hypnose ist gelöst! Woher um alles in der Welt kennt ein Kind so ein schwieriges Wort wie ›exzessiv‹?«
»Diese Bälger kennen viele Wörter«, sagte Shirley mit ihrer lächerlichen, künstlich hochgeschraubten Stimme. »Das sind Bücherwürmer. Aber unseren Unfall können wir trotzdem noch hinkriegen und dann gehört das Vermögen uns!«
»Oh nein, das können Sie nicht«, rief Klaus und trat einen Schritt vor, um Charles aus dem Weg zu schieben.
»Und ob wir das können!«, sagte Vorarbeiter Flacutono und streckte wieder einmal einen Fuß nach vorn. Du denkst vielleicht, dieser Trick klappt höchstens zweimal, aber da irrst du dich. Klaus fiel wieder hin und knallte mit dem Kopf gegen den Stapel mit den Rindenschälern und den winzigen grünen Schachteln.
»Oh nein, das können Sie nicht«, rief Violet und trat vor, um Charles selbst aus dem Weg zu schieben.
»Und ob wir das können!«, sagte Shirley mit ihrer albernen hohen Stimme und packte Violet am Arm. Schnell griff Vorarbeiter Flacutono nach dem anderen Arm, und Violet Baudelaire saß in der Falle.

»Oh tunoi!«, quiekte Sunny und krabbelte eilig auf Charles zu. Sie war nicht stark genug, um den Stamm von der Säge wegzuschieben, aber sie dachte, sie könnte vielleicht das Seil durchbeißen und Charles befreien.
»Und ob wir das können!«, sagte Dr. Orwell und bückte sich, um sich das jüngste der Baudelaires zu schnappen. Aber Sunny war darauf vorbereitet. Blitzschnell riss sie den Mund auf und biss die Hypnotiseurin, so fest sie konnte, in die Hand.
»Gack!«, brüllte Dr. Orwell. Das ist ein Ausdruck, der in keiner bekannten Sprache vorkommt. Doch gleich lächelte sie wieder und benutzte einen Ausdruck aus dem Französischen: »En garde!« »En garde« ist, wie du vielleicht weißt, ein Ausdruck, mit dem beim Fechten das Einnehmen der Kampfposition angekündigt wird, und mit einem gemeinen Grinsen drückte Dr. Orwell den roten Edelstein auf ihrem schwarzen Stock hinunter. Am anderen Ende schoss eine blitzende Klinge heraus. In einer einzigen Sekunde war aus ihrem Stock ein Degen geworden, den sie auf die jüngste der Baudelaire-Waisen richtete. Doch Sunny, die ja noch ganz klein war, besaß natürlich keinen Degen. Sie hatte nur eine einzige Waffe. Sie blickte Dr. Orwell starr in die Augen, öffnete den Mund und richtete alle vier Zähne auf diese widerliche Person.

Wenn ein Degen auf einen anderen Degen – oder, wie in diesem Falle, auf einen Zahn – trifft, dann gibt das ein lautes *Kling!* Mich erinnert dieses Geräusch immer an einen Kampf, den ich vor gar nicht langer Zeit einmal mit dem Mann vom Fernsehreparaturdienst ausfechten musste. Sunny hingegen dachte nur daran, dass sie nicht in Stücke geschnitten werden wollte. Dr. Orwell hieb mit dem Degen auf Sunny ein, Sunny hieb mit den Zähnen auf Dr. Orwell ein, und bald war das *Kling* fast so laut wie das Kreischen der Säge, die sich immer weiter in den Baumstamm fraß. *Kling!* Weiter glitt die Säge auf Charles zu, bis sie nur noch um Haaresbreite – also ein winziges Stück – von seinem Fuß entfernt war.

»Klaus!«, schrie Violet, während sie versuchte sich loszureißen. »Mach was!«

»Dein Bruder kann nichts machen«, sagte Shirley und kicherte dabei ganz gehässig. »Er war bis eben unter Hypnose und ist noch viel zu benommen, um irgendwas zu tun. Vorarbeiter Flacutono, wir beide ziehen Violet jetzt mal kräftig an den Armen. Das wird ihr schön wehtun!«

Shirley hatte Recht, was Violets Arme anging, aber was Klaus betraf, täuschte sie sich. Klaus war tatsächlich eben erst aus der Hypnose erwacht, und er war auch tatsächlich noch ziemlich benommen, aber nicht zu benommen, um etwas zu machen. Das Problem war nur, dass er nicht wusste, *was* er machen konnte. Klaus war in die Ecke mit den Rindenschälern und den Kaugummischachteln geflogen, und wenn er zu Charles oder auch zu Violet hinüberwollte, dann würde er mitten in den Fechtkampf zwischen Sunny und Dr. Orwell hineingeraten. Gerade traf der Degen auf einen von Sunnys Zähnen, und als Klaus das *Kling* hörte, war ihm klar, dass er ernste Verletzungen davontragen würde, wenn er versuchen wollte, zwischen den Duellanten hindurchzulaufen. Aber außer dem *Kling* hörte er die Säge, die noch lauter und kreischender wurde, als sie anfing, die Sohle von Charles' Schuh durchzusägen. Sirs Partner wackelte mit den Zehen, um sie von der Säge fern zu halten, aber sie waren zu fest zusammengeschnürt, und schon flogen die ersten winzigen Fetzen von der Schuhsohle auf den Boden der Sägemühle. Noch wenige Augenblicke, dann würde die Säge die Schuhsohle durchdrungen haben und sich an die Fußsohle machen. Klaus musste etwas erfinden, womit er die Maschine anhalten konnte, und zwar sofort.

Klaus starrte auf das kreisrunde Sägeblatt und wurde immer mutloser. Wie um alles in der Welt machte Violet das bloß? Klaus interessierte sich zwar auch ein wenig für Maschinen, aber im Herzen war er ein Leser, kein Erfinder. Er besaß einfach nicht Violets erstaunlichen Erfindergeist. Er sah die Maschine an und sah nichts weiter als ein tödliches Gerät, aber er wusste – wenn Violet hier in dieser Ecke säße und nicht von Shirley und Vorarbeiter Flacutono an den Armen gerissen würde, dann wüsste sie einen Ausweg. Klaus versuchte sich vorzustellen, wie seine Schwester vorgehen würde, um auf der Stelle etwas zu erfinden, und versuchte, ihre Methode nachzuahmen.

Kling! Klaus sah sich um, ob es irgendetwas gab, was ein Erfinder brauchen könnte, sah aber nur Rindenschäler und die grünen Schachteln mit den winzigen Kaugummis. Schon hatte er eine Schachtel aufgerissen und stopfte sich mehrere Stücke Kaugummi auf einmal in den Mund, um sofort wild darauf herumzukauen. Wenn man sagen will, dass etwas sabotiert wird, benutzt man manchmal den Ausdruck »Sand ins Getriebe streuen«, aber da Klaus keinen Sand hatte, war Kaugummi am Sägeblatt vielleicht auch nicht schlecht. Jedenfalls kaute Klaus heftig in der Hoffnung, das zähe Gummi könnte die Maschine verkleben und das tödliche Vordringen der Säge stoppen.

Kling! Sunnys dritter Zahn traf auf Dr. Orwells Degen, und schnell spuckte Klaus sein Kaugummi in die Hand und warf es mit aller Kraft auf die Maschine. Doch mit einem nassen *Plop!* fiel es auf den Boden. Klaus begriff, dass das Gummi zu leicht war, um bis zu der Maschine zu fliegen. Man konnte Gummi einfach nicht weit werfen, ebenso wenig wie eine Feder oder ein Blatt Papier.

HMMM! Die Maschine dröhnte lauter als je zuvor. Charles schloss die Augen, und Klaus wusste, dass das Sägeblatt an der Fußsohle angekommen sein musste. Er stopfte sich noch mehr Kaugummi in den Mund, aber ob er so viel davon kauen konnte, dass seine Erfindung schwer genug werden würde, das wusste er auch nicht. Da er es nicht mehr ertragen konnte, der Säge zuzusehen, schaute er zu Boden, und als sein Blick dabei auf einen der Rindenschäler fiel, da wusste er, dass auch er in der Lage war, etwas zu erfinden.

Als Klaus nämlich dieses Gerät sah, da fiel ihm ein Tag ein, an dem ihm noch langweiliger gewesen war als bei der Arbeit in der Sägemühle Glück & Partner. Dieser besonders langweilige Tag lag schon lange zurück; damals hatten seine Eltern noch gelebt. Klaus hatte ein Buch über Fische gelesen und seine Eltern gebeten, mit ihm zum Angeln zu gehen. Seine Mutter hatte ihn gewarnt, dass Angeln zu den langweiligsten Tätigkeiten auf der Welt gehöre, aber trotzdem hatte sie im Keller nach Angelruten gesucht und sich bereit erklärt, mit ihm an einen nahe gelegenen See zu fahren. Klaus hatte gehofft, er würde all die vielen Fische zu sehen bekommen, von denen er gelesen hatte, doch stattdessen saßen seine Mutter und er nur mitten auf dem See in einem Ruderboot und taten einen ganzen Nachmittag lang absolut nichts. Zudem mussten sie ganz still sein, um die Fische nicht zu verscheuchen, aber es gab gar keine, und so hatten sie weder Fische noch Spaß, noch Unterhaltung. Vielleicht wunderst du dich, dass Klaus sich nach so langer Zeit an einen so langweiligen Tag erinnerte, und dazu noch in einer so dramatischen Situation, aber eine Kleinigkeit an diesem schrecklich langweiligen Nachmittag erwies sich als äußerst hilfreich.

Während Sunny mit Dr. Orwell kämpfte, Violet mit Shirley und Vorarbeiter Flacutono und der arme Charles mit der Säge, da erinnerte sich Klaus an einen Teil des Angelns, den man als das Auswerfen bezeichnet. Das Auswerfen besteht darin, dass man seine Angelrute dazu benutzt, die Angelschnur weit hinaus in den See zu befördern, um einen Fisch zu fangen. Im Falle von Klaus und seiner Mutter hatte das Auswerfen nicht geklappt, aber dieses Mal wollte Klaus ja auch nicht angeln. Er wollte Charles das Leben retten.

Rasch griff das mittlere der drei Baudelaire-Kinder nach einem Rindenschäler und spuckte das Kaugummi auf das eine Ende. Er hatte vor, das klebrige

Kaugummi als eine Art Angelschnur zu benutzen und den Rindenschäler als eine Art Angelrute, um so das Kaugummi auf die Säge werfen zu können. Klaus' Erfindung sah mehr wie ein Kaugummiklumpen am Ende einer Metallleiste aus, aber wie das Ding aussah, war Klaus völlig egal. Ihn interessierte nur, ob er damit die Säge anhalten konnte. Er holte tief Luft, dann warf er den Schäler so, wie seine Mutter es ihm mit der Angel gezeigt hatte.
Plop! Zu Klaus' Entzücken wurde das Gummi immer länger, und wie eine Angelschnur über die Wasseroberfläche eines Sees flog es über Dr. Orwell und Sunny hinweg, die immer noch miteinander kämpften. Doch zu Klaus' Entsetzen landete das Gummi nicht auf der Säge. Es landete genau auf dem Seil, mit dem der zappelnde Charles an den Stamm gebunden war. Klaus sah, wie Charles zappelte, und musste wieder einmal an Fische denken. Vielleicht hatte seine Erfindung ja doch funktioniert. Er nahm seine ganze Kraft zusammen – durch die Arbeit in der Sägemühle war er für einen Jungen seines Alters ganz schön kräftig geworden –, griff wieder nach seiner Erfindung und zog. Klaus zog an seinem Rindenschäler, der Schäler zog am Gummi, und das Gummi zog am Balken, und zur Erleichterung aller drei Baudelaires bewegte sich der Balken zur Seite. Weit bewegte er sich nicht, schnell bewegte er sich

auch nicht, und sehr anmutig bewegte er sich schon gar nicht, aber immerhin – er bewegte sich. Das grässliche Geräusch hörte auf, und wenn sich auch das Sägeblatt immer weiterdrehte, so war doch der Stamm gerade so weit davon entfernt, dass es nur noch die Luft zerschnitt. Charles schaute zu Klaus hinüber und wieder füllten sich seine Augen mit Tränen, und als Sunny sich umsah, um Klaus anzuschauen, da sah sie, dass auch er weinte.

Aber in dem Moment, als Sunny sich umblickte, erkannte Dr. Orwell ihre Chance. Mit einem Tritt ihrer großen, hässlichen Stiefel stieß sie Sunny um, und als das Kind am Boden lag, stellte sie einen Fuß darauf. So über ihr stehend, riss sie ihren Degen hoch und lachte ein lautes, bellendes, grässliches Lachen. »Ich glaube«, kicherte sie, »es gibt doch noch einen Unfall in der Sägemühle Glück & Partner!«

Und damit hatte sie Recht. Es gab einen Unfall in der Sägemühle, einen ganz fatalen Unfall sogar, was im eigentlichen Sinne des Wortes meint, dass jemand zu Tode kommt. Denn genau in dem Moment, als Dr. Orwell ihren Degen schwang, um Sunnys kleinen Hals zu treffen, da öffnete sich die Tür der Halle und Sir kam hereinspaziert. »Was um alles in der Welt geht hier vor?«, bellte er, und Dr. Orwell fuhr völlig überrascht herum. Wenn jemand völlig überrascht ist, dann macht er manchmal einen Schritt rückwärts. Und wenn man einen Schritt rückwärts macht, dann kann das leicht zu einem Unfall führen. So geschah es auch in diesem Moment, denn als Dr. Orwell einen Schritt nach hinten tat, da geriet sie direkt vor die wirbelnde Säge, und im nächsten Augenblick kam es tatsächlich zu einem ganz grässlichen Unfall.

Dreizehntes Kapitel

»Schrecklich, schrecklich, schrecklich«, sagte Sir und schüttelte die Rauchwolke, hinter der sich sein Kopf verbarg. »Schrecklich, schrecklich, schrecklich.«

»Ganz Ihrer Meinung«, sagte Mr. Poe und hustete in sein Taschentuch. »Als Sie mich heute Morgen anriefen und mir berichteten, was geschehen ist, da fand ich die Situation so schrecklich, dass ich gleich mehrere wichtige Termine abgesagt habe und mit dem ersten Zug nach Jammerau gekommen bin, um die Sache persönlich in die Hand zu nehmen.«

»Verbindlichen Dank«, sagte Charles.

»Schrecklich, schrecklich, schrecklich«, sagte Sir.

Die Baudelaire-Waisen saßen dicht beieinander in Sirs Büro auf dem Fußboden, schauten zu den drei Männern hoch, die die Lage beredeten, und fragten sich, wie um alles in der Welt die Erwachsenen so gelassen über alles sprechen konnten.

Das Wort »schrecklich«, selbst wenn man es dreimal hintereinander aussprach, schien nicht schrecklich genug, um all das zu beschreiben, was geschehen war. Violet zitterte noch immer, wenn sie daran dachte, wie Klaus sie unter der Hypnose angesehen hatte. Klaus bebte noch immer, wenn er daran dachte, wie Charles beinahe zersägt worden war. Und Sunny schauderte es, wenn sie daran dachte, wie sie im Kampf mit Dr. Orwell fast umgebracht worden war. Und natürlich schlotterten allen drei Waisen noch immer die Knie, wenn sie daran dachten, wie Dr. Orwell das Zeitliche gesegnet hatte, was hier nichts anderes heißt als »vor die Säge geraten war«. Die Kinder fühlten sich kaum fähig, ein Wort herauszubringen, geschweige denn an einer richtigen Unterhaltung teilzunehmen.

»Es ist unglaublich«, sagte Sir, »dass Dr. Orwell in Wirklichkeit eine Hypnotiseurin war und dass sie Klaus hypnotisiert hat, um an das Vermögen der Baudelaires zu kommen. Zum Glück hat Violet herausgefunden, wie sie ihren Bruder aus der Hypnose befreien konnte, sonst hätte er womöglich noch mehr Unfälle verursacht.«

»Es ist unglaublich«, sagte Charles, »dass Vorarbeiter Flacutono mich mitten in der Nacht gepackt und an diesen Baumstamm gebunden hat, um an das Vermögen der Baudelaires zu kommen. Zum Glück hat Klaus etwas erfunden, womit er den Stamm gerade noch rechtzeitig aus dem Weg schaffen konnte, so dass ich nur einen kleinen Schnitt im Fuß habe.«

»Es ist unglaublich«, sagte Mr. Poe nach einem kurzen Hustenanfall, »dass Shirley die Kinder adoptieren wollte, um an das Vermögen der Baudelaires zu kommen. Zum Glück haben wir ihren Plan durchschaut und jetzt muss sie weiter als Sprechstundenhilfe arbeiten.«

An dieser Stelle konnte Violet nicht mehr still bleiben. »Shirley ist keine Sprechstundenhilfe!«, rief sie. »Sie ist nicht einmal Shirley! Sie ist Graf Olaf!«

»Dieser Teil der Geschichte ist allerdings so unglaublich, dass ich ihn nicht glauben kann«, sagte Sir. »Ich habe die junge Dame kennen gelernt; sie hat überhaupt keine Ähnlichkeit mit Graf Olaf. Sie hat zwar nur eine Augenbraue, das stimmt schon, aber es gibt viele ganz wundervolle Menschen, bei denen das genauso ist!«

»Das müssen Sie den Kindern nachsehen«, sagte Mr. Poe. »Sie neigen dazu, Graf Olaf überall zu sehen.«

»Das liegt daran, dass er auch überall *ist*«, sagte Klaus verbittert.

»Nun«, wandte Sir ein, »hier in Jammerau war er nicht. Wir haben ja immer Ausschau nach ihm gehalten, erinnert ihr euch?«

»Kilifi!«, rief Sunny. Sie wollte so etwas sagen wie: »Aber er war doch verkleidet, wie immer!«

»Könnten wir uns diese Shirley noch einmal ansehen?«, fragte Charles schüchtern. »Die Kinder scheinen sich sehr sicher zu sein. Wenn Mr. Poe einen Blick auf die Sprechstundenhilfe werfen könnte, dann ließe sich die Sache möglicherweise aufklären.«

»Ich habe Shirley und Vorarbeiter Flacutono in die Bibliothek eingesperrt und Phil gebeten, die beiden im Auge zu behalten«, sagte Sir. »So erweist sich Charles' Bibliothek nun doch noch als nützlich – als Gefängnisersatz, bis die Angelegenheit geklärt ist.«

»Die Bibliothek war außerordentlich nützlich«, sagte Violet. »Wenn ich nicht in dem Buch über Hypnose gelesen hätte, dann wäre Ihr Partner Charles jetzt tot.«

»Du bist wirklich ein kluges Kind«, sagte Charles.

»Wirklich«, stimmte Sir zu, »du wirst gut zurechtkommen im Internat.«

»Im Internat?«, fragte Mr. Poe.

»Selbstverständlich«, entgegnete Sir und nickte hinter seiner Rauchwolke. »Sie glauben doch wohl nicht, dass ich die drei hier behalten möchte, nach all dem Ärger, den sie der Firma bereitet haben?«

»Aber das war doch nicht unsere Schuld!«, rief Klaus.

»Das ist völlig egal«, sagte Sir. »Wir hatten ein Abkommen. Danach wollte *ich* versuchen, Graf Olaf von euch fern zu halten, und *ihr* wolltet keine Unfälle mehr verursachen. Ihr habt euren Teil des Abkommens nicht eingehalten.«

»Häck!«, schrie Sunny und das hieß: »Aber Sie doch auch nicht!« Sir beachtete sie gar nicht.

»Na gut, schauen wir uns die Dame einmal an«, sagte Mr. Poe. »Dann ist ein für alle Mal geklärt, ob Graf Olaf nun hier war oder nicht.«

Die drei Erwachsenen nickten und die drei Kinder folgten ihnen den Gang hinunter bis zur Tür der Bibliothek. Phil saß davor mit einem Buch in der Hand.

»Hallo, Phil«, sagte Violet. »Was macht Ihr Bein?«

»Oh, es wird schon wieder«, entgegnete Phil und zeigte auf seinen Gips. »Ich habe die Tür die ganze Zeit bewacht und weder Shirley noch Vorarbeiter Flacutono sind entkommen. Übrigens, ich habe in der Verfassung von Jammerau gelesen. Ich verstehe zwar nicht alles, was da steht, aber es scheint, dass es ungesetzlich ist, Leute nur mit Gutscheinen zu bezahlen.«

»Darüber sprechen wir später«, sagte Sir schnell. »Jetzt müssen wir erst einmal mit Shirley etwas bereden.«

Sir öffnete die Tür und sie sahen Shirley und Vorarbeiter Flacutono still an zwei Tischen in Fensternähe sitzen. Shirley hielt Dr. Orwells Buch in der Hand; mit der anderen winkte sie den Kindern zu.

»Halli-hallo, Kinder«, rief sie mit ihrer hochgeschraubten Stimme. »Ich habe mir solche Sorgen um euch gemacht!«

»Ich auch«, sagte Vorarbeiter Flacutono. »Zum Glück bin ich jetzt nicht mehr hypnotisiert und so muss ich auch nicht mehr gemein zu euch sein.«

»Sie waren also auch hypnotisiert?«, fragte Sir.

»Natürlich waren wir das«, rief Shirley dazwischen. Sie beugte sich vor und tätschelte allen drei Kindern den Kopf. »Sonst wären wir doch niemals so grässlich gewesen, schon gar nicht zu so zarten und wundervollen Kindern!« Hinter ihren falschen Wimpern starrte Shirley die Baudelaires mit funkelnden Augen an, so als wollte sie sie am liebsten bei nächster Gelegenheit auffressen.

»Sehen Sie?«, sagte Sir zu Mr. Poe. »Kein Wunder, dass ich es nicht glauben konnte, dass Flacutono und Shirley sich so schrecklich benommen haben sollten. Natürlich ist sie nicht Graf Olaf!«

»Graf wer?«, fragte Vorarbeiter Flacutono. »Ich habe noch nie von dem Mann gehört.«

»Ich auch nicht«, sagte Shirley, »aber ich bin ja auch bloß eine Sprechstundenhilfe.«

»Vielleicht sind Sie nicht bloß Sprechstundenhilfe«, sagte Sir. »Vielleicht sind Sie ja auch bald Mutter. Was meinen Sie, Mr. Poe? Shirley wünscht es sich so sehr, diese drei Kinder aufziehen zu dürfen, und für mich ist es einfach zu aufregend.«

»Nein!«, schrie Klaus. »Sie ist Olaf, nicht Shirley!«

Mr. Poe hustete umständlich in sein Taschentuch,

während die drei Baudelaires angespannt darauf warteten, dass er fertig wurde und etwas sagte. Schließlich tauchte sein Gesicht wieder hinter dem Taschentuch auf. »Tut mir Leid, meine Dame«, sagte Mr. Poe zu Shirley, »aber die Kinder sind überzeugt, dass Sie ein Mann namens Graf Olaf sind, der sich als Sprechstundenhilfe verkleidet hat.«

»Wenn Sie möchten«, antwortete Shirley, »dann führe ich Sie in das Büro von Dr. Orwell – ich meine, das Büro der verstorbenen Frau Dr. Orwell – und zeige Ihnen mein Namensschild. Darauf steht groß und deutlich *Shirley.*«

»Das wird wohl leider nicht reichen«, sagte Mr. Poe. »Würden Sie bitte so freundlich sein, uns allen Ihren linken Knöchel zu zeigen?«

»Aber nicht doch – man schaut einer Dame nicht auf die Beine«, protestierte Shirley. »Das werden Sie doch wohl wissen!«

»Wenn Sie am linken Knöchel keine Tätowierung eines Auges haben«, sagte Mr. Poe, »dann sind Sie mit allergrößter Wahrscheinlichkeit auch nicht Graf Olaf.«

Shirleys Augen begannen ganz heftig zu funkeln und mit einem breiten Grinsen sah sie von einem zum anderen. »Und wenn doch?«, fragte sie und hob ihren Rock leicht an. »Wenn ich nun an meinem Knöchel tatsächlich ein tätowiertes Auge hätte?«

Alle Augen richteten sich auf Shirleys Fuß und ein Auge schaute zurück. Es erinnerte an das augenförmige Haus von Dr. Orwell, von dem sich die Baudelaires seit ihrer Ankunft in Jammerau beobachtet gefühlt hatten. Es sah ganz genauso aus wie die Tätowierung, von der sich die Baudelaire-Waisen beobachtet gefühlt hatten, seit ihre Eltern ums Leben gekommen waren. Es *war* die Tätowierung von Graf Olaf.

»In diesem Falle«, sagte Mr. Poe nach einer Pause, »sind Sie nicht Shirley. Ihr seid Graf Olaf und Ihr seid verhaftet. Ich befehle Euch, diese lächerliche Verkleidung abzulegen!«

»Soll ich meine lächerliche Verkleidung vielleicht auch ablegen?«, fragte Vorarbeiter Flacutono und riss sich mit einer raschen Handbewegung die Perücke vom Kopf. Es überraschte die Kinder nicht, dass er kahl war – vom ersten Augenblick an war ihnen klar gewesen, dass diese absurde Frisur eine Perücke war, aber etwas an der Form des kahlen Kopfes kam ihnen auf einmal bekannt vor. Er starrte die Waisen mit seinen Knopfaugen an, griff nach dem Mundschutz und riss sich auch den herunter. Eine lange Nase, die unter dem Tuch platt gedrückt worden war, schien sich langsam wieder aufzurichten, und im selben Moment erkannten die Geschwister, dass der Mann einer von Graf Olafs Assistenten war.

»Das ist der Glatzkopf!«, rief Violet.

»Der mit der langen Nase!«, rief Klaus.

»Plemo!«, rief Sunny und das hieß: »Der für Graf Olaf arbeitet!«

»Es sieht so aus, als hätten wir heute das Glück, gleich zwei Verbrecher auf einmal zu fangen«, sagte Mr. Poe streng.

»Eigentlich sogar drei, wenn Sie Dr. Orwell mitzählen«, verbesserte ihn Graf Olaf, den wir zu unserer großen Erleichterung jetzt so – und nicht mehr Shirley – nennen dürfen.

»Schluss mit dem Unsinn«, sagte Mr. Poe. »Ihr, Graf Olaf, seid verhaftet wegen verschiedener Morde und Mordversuche, verschiedener Betrügereien und Betrugsversuche, verschiedener abscheulicher Taten und ebensolcher Tatversuche. Und Sie, mein kahlköpfiger, langnasiger Freund, sind ebenfalls verhaftet, und zwar wegen Beihilfe.«

Graf Olaf zuckte mit den Achseln, schmiss seine Perücke auf den Boden und betrachtete die Baudelaires mit einem Grinsen, das sie leider nur allzu gut kannten. Es war dieses gewisse Grinsen, das immer auf seinem Gesicht erschien, wenn es so aussah, als wäre er in eine Falle geraten. Es war ein Grinsen, das aussah, als wollte er einen Witz erzählen. Bei diesem Grinsen funkelten Graf Olafs Augen teuflisch, und man sah regelrecht, wie sein böses Gehirn auf Hochtouren arbeitete. »Dieses Buch hier hat euch gute Dienste geleistet, Waisen«, sagte Graf Olaf und hielt Dr. Orwells *Ophthalmologie für Fortgeschrittene* hoch. »Und jetzt wird es auch mir helfen.« Mit seiner ganzen kriminellen Energie fuhr Graf Olaf auf dem Absatz herum und schleuderte das Buch durch eines der Fenster der Bibliothek. Glas klirrte, das Fenster zerbrach, und an seiner Stelle klaffte nur noch ein großes Loch, gerade groß genug, dass ein Mensch hindurchspringen konnte. Und genau das tat der Glatzköpfige auch, nachdem er noch einen letzten Blick auf die Kinder geworfen und seine lange Nase gerümpft hatte, als würden sie stinken. Graf Olaf lachte sein heiseres, schreckliches Lachen und folgte seinem Kumpan durch das Fenster hindurch und aus Jammerau hinaus. »Ich komme wieder, Waisen!«, schrie er. »Ich komme wieder und dann ist es aus mit euch!«

»Fürwahr!«, sagte Mr. Poe, womit er sagen wollte: »Oh nein! Er entkommt!«

Sir trat rasch ans Fenster und sah Graf Olaf und dem Glatzköpfigen nach, die so schnell davonrannten, wie ihre mageren Beine sie trugen. »Nein, kommen Sie nicht wieder!«, brüllte er ihnen hinterher. »Die Waisen werden nicht mehr hier sein, kommen Sie bloß nicht zurück!«

»Was wollen Sie damit sagen – die Waisen werden

nicht mehr hier sein?«, erkundigte sich Mr. Poe streng. »Sie haben ein Abkommen geschlossen, aber Ihre Zusage nicht gehalten! Graf Olaf ist doch hier gewesen!«

»Das spielt jetzt keine Rolle mehr«, sagte Sir mit einer wegwerfenden Handbewegung. »Wo die Baudelaires auch hingehen, das Unglück folgt ihnen auf dem Fuße. Ich will damit nichts mehr zu tun haben.«

»Aber Sir!«, sagte Charles, »es sind doch so brave Kinder!«

»Keine Diskussionen«, sagte Sir. »Auf meinem Namensschild steht BOSS und der bin ich auch. Der Boss hat das letzte Wort, und mein letztes Wort lautet: Diese Kinder sind in der Sägemühle Glück & Partner nicht mehr willkommen!«

Violet, Klaus und Sunny sahen einander an. »Diese Kinder sind in der Sägemühle Glück & Partner nicht mehr willkommen!« war natürlich nicht Sirs letztes Wort, sondern ein Satz mit vielen Wörtern. Aber den Kindern war schon klar, dass Sir nicht sein buchstäblich letztes Wort gemeint hatte, sondern nur sagen wollte, dass er damit seine abschließende Meinung über die Angelegenheit kundgetan hatte. Nach ihren schlimmen Erfahrungen in der Sägemühle hatten die Kinder allerdings auch nichts dagegen, Jammerau zu verlassen. Selbst das Leben in einem Internat wäre wohl besser als die Zeit mit Vorarbeiter

Flacutono, Dr. Orwell und Shirley. Leider muss ich dir sagen, dass die Waisen sich täuschten, als sie glaubten, im Internat würde es ihnen besser ergehen, aber zu diesem Zeitpunkt wussten sie noch nichts von den Problemen, die vor ihnen lagen. Sie kannten nur die Probleme, die hinter ihnen lagen und die, die soeben durchs Fenster entkommen waren.

»Könnten wir diese Frage eventuell später besprechen?«, schlug Violet vor, »und jetzt erst einmal die Polizei rufen? Vielleicht kann Graf Olaf ja noch geschnappt werden.«

»Eine ausgezeichnete Idee, Violet«, sagte Mr. Poe, der natürlich schon längst selbst darauf hätte kommen können. »Sir, zeigen Sie mir bitte Ihr Telefon. Ich muss die Gesetzeshüter verständigen.«

»Schon gut, schon gut«, antwortete Sir mürrisch, »aber vergessen Sie nicht – mein letztes Wort in der Sache ist gesprochen. Charles, mach mir eine Bananenmilch. Ich verdurste gleich.«

»Jawohl, mein Herr«, sagte Charles und humpelte hinter seinem Partner und Mr. Poe her, die die Bibliothek bereits verlassen hatten. In der Tür blieb er jedoch noch einmal stehen und lächelte die Baudelaires entschuldigend an.

»Tut mir Leid«, sagte er zu ihnen, »tut mir Leid, dass wir uns nicht mehr wiedersehen. Aber Sir wird wissen, was das Beste ist.«

»Uns tut es auch Leid, Charles«, sagte Klaus. »Auch dass ich Ihnen solche Unannehmlichkeiten bereitet habe.«

»Es war ja nicht deine Schuld«, antwortete Charles freundlich. Gerade kam Phil auf ihn zugehinkt.

»Was ist passiert?«, fragte Phil. »Ich habe Glas klirren hören.«

»Graf Olaf ist entkommen«, sagte Violet. In diesem Moment begriff sie erst richtig, dass es tatsächlich so war, und das Herz rutschte ihr bis zu den Knien. »Shirley war in Wirklichkeit Graf Olaf, nur verkleidet, und er ist entkommen, so wie jedes Mal.«

»Nun, ihr müsst es einfach von der guten Seite sehen. Ihr habt wirklich noch Glück gehabt«, meinte Phil, und die Waisen sahen erst ihren Freund und dann einander verwirrt an. Früher waren sie glückliche Kinder gewesen, so zufrieden und lebensfroh, dass sie nicht einmal wussten, wie glücklich sie waren. Dann kam das schreckliche Feuer, und es schien, als hätte ihr Leben seit damals keinen guten Moment, geschweige denn eine ganze gute Seite zu bieten gehabt. Von einem Haus zum anderen wurden sie weitergereicht, und überall erwartete sie nur Kummer und Elend, und nun war der Mann, der an all diesem Elend schuld war, wieder einmal entkommen. Wo sollten sie da Glück gehabt haben?

»Wie meinen Sie das?«, fragte Klaus leise.

»Nun, lasst mich nachdenken«, sagte Phil und dachte nach. Ganz entfernt hörten die Kinder, wie Mr. Poe am Telefon eine Beschreibung von Graf Olaf durchgab. »Ihr seid am Leben«, sagte Phil schließlich. »Da habt ihr doch Glück gehabt. Und ich bin sicher, uns fällt auch noch etwas anderes ein.«
Die drei Baudelaires sahen erst einander an und dann Charles und Phil, die beiden einzigen Menschen in Jammerau, die freundlich zu ihnen gewesen waren. Den Schlafsaal würden sie ganz bestimmt nicht vermissen und auch nicht die Eintöpfe oder die Schufterei im Sägewerk – diese beiden Menschen jedoch würden ihnen fehlen. Und als die Geschwister so darüber nachdachten, wer ihnen fehlen würde, da mussten sie daran denken, wie sehr sie einander vermissen würden, wenn ihnen noch Schlimmeres zugestoßen wäre. Was wäre gewesen, wenn Sunny den Fechtkampf verloren hätte? Was, wenn Klaus für alle Zeiten hypnotisiert geblieben wäre? Was, wenn Violet statt Dr. Orwell vor die Säge geraten wäre? Die Baudelaires sahen die Sonnenstrahlen, die durch das zerbrochene Fenster hereindrangen, durch das Graf Olaf entkommen war, und es schauderte sie bei dem Gedanken, was alles hätte passieren können. Nur am Leben zu sein war ihnen bisher nie als ein besonderes Glück erschienen, aber als sie jetzt über die schreckliche Zeit in Sirs Obhut

nachdachten, da staunten sie, wie viel Glück sie eigentlich gehabt hatten.

»Was für ein Glück«, räumte Violet leise ein, »dass Klaus so schnell etwas erfunden hat, obwohl er gar kein Erfinder ist.«

»Was für ein Glück«, räumte Klaus leise ein, »dass Violet herausgefunden hat, wie man meine Hypnose beenden konnte, obwohl sie gar keine Wissenschaftlerin ist.«

»Croif«, räumte Sunny leise ein und das hieß so etwas wie: »Was für ein Glück, wenn ich das mal sagen darf, dass ich uns verteidigen konnte gegen Dr. Orwell und ihren Degen.«

Die Kinder seufzten und lächelten einander vorsichtig, aber hoffnungsvoll an. Graf Olaf lief frei herum und würde auch weiterhin versuchen, ihnen ihr Vermögen wegzunehmen, aber dieses Mal war es ihm wenigstens nicht gelungen. Sie waren am Leben, und wie sie so zusammen an dem zerbrochenen Fenster standen, da kam es ihnen so vor, als sei das letzte Wort in dieser Episode »Glück«, dasselbe Wort, das ihnen zunächst einmal so viel Kummer bereitet hatte. Die Baudelaire-Waisen lebten, und es sah ganz so aus, als hätten sie schließlich doch noch Glück gehabt, eine gewaltige Portion Glück.

ENDE

LEMONY SNICKET

Verehrter Verleger!

Verzeihen Sie bitte die eingerissenen Ränder dieser Mitteilung. Ich schreibe Ihnen aus dem Schuppen, in dem die Baudelaire-Waisen gezwungen waren zu leben, solange sie die Prufrock Privatschule besuchten, und leider hatten einige der Krabben es auf mein Briefpapier abgesehen. Bitte kaufen Sie sich am Sonntagabend eine Karte für die Oper „Faute de Mieux“, eine Aufführung der Erratischen Operngesellschaft, und zwar für den Platz mit der Nummer 10-J. Im fünften Akt nehmen Sie bitte ein scharfes Messer und schlitzen damit das Polster Ihres Sitzes auf. Dort müssten Sie unter dem Titel DIE SCHRECKLICHE SCHULE meine Beschreibung des grässlichen halben Schuljahres finden, das die Kinder in einem Internat verbrachten, sowie ein Tablett aus dem Speisesaal, einige der handgemachten Heftklammern der Baudelaires sowie den (wertlosen) Stein vom Turban des Trainers Dschingis. Beigefügt ist auch das Negativ einer Fotografie der beiden Quagmeir-Drillinge; vielleicht nützt es dem Illustrator. Bedenken Sie, dass Sie meine letzte Hoffnung sind, die Erlebnisse der Baudelaire-Waisen schließlich doch noch einer größeren Öffentlichkeit bekannt machen zu können.

Mit vorzüglicher Hochachtung

Lemony Snicket

Lemony Snicket
Schauriger Schlamassel · Band 5
Die schreckliche Schule
Roman
Aus dem amerikanischen Englisch von Klaus Weimann
Beltz & Gelberg Taschenbuch (78608), 192 Seiten *ab 10*

Bis zum tragischen Tod ihrer Eltern waren Violet, Sunny und Klaus die glücklichsten Kinder der Welt. Doch dann tritt der hinterhältige Graf Olaf in ihr Leben. Statt die bedauernswerten Waisenkinder zu beschützen, versucht Graf Olaf mit allen Mitteln, an deren stattliches Erbe zu gelangen … Ein vornehmes Internat – das könnte der Ort sein, an dem die Baudelaire-Kinder vor Graf Olaf in Sicherheit sind. Ist es aber nicht. Alles ist schlimm dort: die Verpflegung, die Schüler, die Lehrer und allen voran der stellvertretende Direktor. Einziger Lichtblick sind die Quagmeir-Drillinge!

www.beltz.de
Beltz & Gelberg, Postfach 10 01 54, 69441 Weinheim

Lemony Snicket
Schauriger Schlamassel · Band 6
Der finstere Fahrstuhl
Roman
Aus dem amerikanischen Englisch von Birgitt Kollmann
Beltz & Gelberg Taschenbuch (78609), 224 Seiten *ab 10*

Bis zum tragischen Tod ihrer Eltern waren Violet, Sunny und Klaus die glücklichsten Kinder der Welt. Doch dann tritt der hinterhältige Graf Olaf in ihr Leben. Statt die bedauernswerten Waisenkinder zu beschützen, versucht Graf Olaf mit allen Mitteln, an deren Erbe zu gelangen …
Und die Baudelaire-Geschwister haben weiterhin Pech: Sie werden von Mr und Mrs Elend adoptiert. In deren sonderbarem Haus stoßen die Kinder auf einen finsteren Fahrstuhlschacht. Und Graf Olaf lauert schon …

www.beltz.de
Beltz & Gelberg, Postfach 10 01 54, 69441 Weinheim

Louis Sachar
Löcher
Die Geheimnisse von Green Lake
Roman
Aus dem Amerikanischen von Birgitt Kollmann
Beltz & Gelberg Taschenbuch (78568), 296 Seiten *ab 12*
Nominiert für den Deutschen Jugendliteraturpreis

Dieses Buch erzählt die ganz unglaubliche, zum Weinen komische Geschichte von Stanley, der endlich, endlich den Familienfluch der Yelnats bannt. Hundert Jahre gab es kein Entrinnen: Was immer ein Yelnats anfing, es ging schief. Die Geschäftsidee von Stanleys Vater, gebrauchte Turnschuhe zu recyceln, war da nur das letzte Glied einer langen Unglückskette. – Und urplötzlich winkt das Glück. Davor aber liegen: die Geheimnisse von Green Lake.

»Selten wurden einem solch wundervolle Zufälle zugemutet. Und selten schluckte man sie so willenlos und begeistert, um nur möglichst schnell und störungsfrei weiterlesen zu können.«
Die Zeit / Radio Bremen

www.beltz.de
Beltz & Gelberg, Postfach 10 01 54, 69441 Weinheim